中公文庫

四季のうた

井戸端会議の文学

長谷川櫂

中央公論新社

井戸端会議の文学

インターネットのとあるサイトで夜な夜な歌仙《かせん》を巻いている。参加者は前の句を読んで付句《つけく》を考え、夜八時までに投句する。その中にいい句があれば採用するが、なければ再募集。再募集が二回三回とつづくこともある。名づけて「うたたね歌仙」。

二〇一一年春に五人ではじめ、いつの間にか二十人前後に増えた。この秋、第七十巻が巻き上がったばかりである。十二年半で七十巻、二か月で一巻。一晩に一句であるからなかなかのペースだろう。

「歌仙を巻く」といっても何のことかと思う人もいるだろう。歌仙とは長句五七五と短句七七を交互に三十六句連ねる連句の一形式である。王朝時代の三十六人の名歌人

「三十六歌仙」にちなんでそう呼ぶ。そして句を付け合って歌仙を制作することを「歌仙を巻く」というのだ。

連句という文学は大昔からあるが、とくに室町時代以降さかんになった。ふつう一堂に会して巻くものであり、一昼夜で一気呵成《いっきかせい》に巻き上げることもあれば何日もかかることもある。「うたたね歌仙」の場合、インターネット上の空間で巻いていると考えればいいのだが、これによって参加者は空間と時間の制約から解放された。それまで歌仙に参加できなかった遠くの人も（外国の人でも）、忙しくて時間がとれない人も自分の都合のいいときに投句さえしておけばいいのである。何よりも七十巻もつづいているという実績がインターネットの利点を物語っているのではなかろうか。

さて第七十巻は「素麺《そうめん》流しの巻」である。次の三句からはじまる。

恐ろしき世へ素麺を流しけり　　鬼川こまち
脳の沸きたつ炎暑果てなし　　松井恭子
ピラミッド奥へ奥へと大回廊　　葛西美津子
幼き王子露の玉座に　　松川まさみ

素麺が竹の筧《かけひ》を涼しげに流れてゆく、その果てにはコロナや戦争や新手の詐欺があふれる恐るべき世界が待っているという発句《ほっく》（第一句）。今年の夏の異常な猛暑もその恐るべきものの一つという脇（第二句）。そして第三句はその炎熱の空にそびえるピラミッドの奥には暗く冷ややかな大回廊がつづいていると場面をエジプトの砂漠へと転じる。第四句はピラミッドに葬られた薄幸の王子に思いをはせる。

中盤にはこんな展開がある。

ひと折りの助六寿司で花見酒　青沼尾燈子
　空へぐんぐん奴凧《やっこだこ》舞ふ　安藤　文
紅《べに》運ぶ北前船は波に乗り　飛岡光枝
　越中ふんどし風にたなびく　北側松太

第一句は助六寿司を肴《さかな》にしての花見。歌舞伎の人気者、助六の愛人は揚巻《あげまき》。そこで稲荷《いなり》寿司（揚げ）と巻き寿司（巻）の詰め合わせが助六寿司。第二句の奴凧は助六の移し。第三句はその奴凧がみわたした江戸時代の日本海。山形の紅花を都へ運ぶ北前船が軽やかに進む。第四句はその船上に干され、長々とたなびく白い越中ふんどし。もうお気づきだろうが、歌仙は井戸端会議の文学である。誰かが何かいえば、そばの誰かが何かいう。さらにまたそばの誰かが、というおしゃべりで作り上げる文学なのだ。恋の悩みあり世界情勢ありゴシップあり宇宙論あり。それらすべてを五七五、七七の糸に紡《つむ》いで一編の叙事詩に織り上げる。今風にいえばラップやチャットに似ているだろうか。

次は大団円。

故郷《ふるさと》に戻りて豚を飼ふくらし　北側松太
目覚めうながす雪解《ゆきげ》の滴《しずく》　玉置陽子
山門の金剛力士花まみれ　西川遊歩
砲弾の雨たけなはの春　三玉一郎

第一句は官職を捨てて故郷に帰ろうという陶淵明《とうえんめい》の「帰《き》去来辞《きょらいのじ》」の世界。第二句は雪解けの滴の音で目が覚める田園での長閑《のどか》な暮らしぶりを詠《うた》う。第三句は桜の花吹雪を浴びる山寺の金剛力士像。ここで雪解けの滴で目を覚ますのは田園の隠者から金剛力士に早変わりしている。そして一巻の最後（挙句《あげく》）は金剛力士を受けるとともに発句の「恐ろしき世」を響かせて砲弾の飛び交う戦場へ。こうして「素麺流しの巻」は幕を閉じる。

『四季のうた　井戸端会議の文学』は『四季のうた』の第十六集である。二〇二一年四月から二〇二二年三月までの一年間、読売新聞に連載した詩歌コラム「四季」を収録した。連載、刊行に当たっては読売新聞文化部、写真部、編成部、中央公論新社の宇和川準一さん、装丁家の間村俊一さんにお世話になった。お礼を申し上げます。

二〇二三年立冬

長谷川櫂

目次——二〇二一年四月～二〇二二年三月

四季のうた　井戸端会議の文学

二〇二一年四月—二〇二二年三月

◎四月

ぜんまいの月の中まで伸びあがる　　野中亮介

『つむぎうた』のなかりょうすけ・1958－

薇《ぜんまい》は春、渦のような芽を次々に伸ばす。いま大きな月を背景にシルエットが浮かび上がる。映像が音楽を奏でるかのようではないか。作者は一九五八年（昭和三十三年）生まれ、福岡の人。新句集『つむぎうた』の十句を見てゆこう。

燃えながら皿にとらるる目刺《めざし》かな　　野中亮介

『つむぎうた』のなかりょうすけ・1958－

目刺を炙《あぶ》っているうちに頭や尻尾が燃え上がる。あわてて皿に移しても、まだ火がチリチリと燻《くすぶ》っている。ふつうの人のふつうの暮らしでふつうに起こることを描きながら何と鮮烈。生活は細部が大事なのだ。

しろたへの余呉しろがねの初諸子《はつもろこ》

野中亮介

『つむぎうた』のなかりょうすけ・1958－

白い絹に銀で絵を描く。たちまち涼しげな空間が広がるだろう。「しろたへ」と「しろがね」、白と銀を配合した一句である。余呉は琵琶湖の北の小さな湖。諸子は春、琵琶湖で捕れる小さな魚。雪の残る湖北の春。

おふくろへ鑼落《せりおと》したる桜鯛《さくらだい》

野中亮介

『つむぎうた』のなかりょうすけ・1958－

花色に染まるみごとな大鯛。母親の記念日か還暦か、お祝いの鯛だろう。「おふくろへ」「鑼落したる」と生きのいい言葉が立てつづけに現れて、鯛を手に入れたのは壮年の人のようだ。玄界灘の桜鯛だろうか。

僧正の袖が好きなる子鹿かな　　野中亮介

『つむぎうた』のなかりょうすけ・１９５８－

人間も動物も子どものうちはかわいい。あれは親が子を愛するようにという天のはからいらしい。ここにいるのは初夏に生まれた子鹿。えらいお坊さまの墨染めの袖にまつわりついて何をねだっているのだろう。

草笛の少年の家誰も知らず　　野中亮介

『つむぎうた』のなかりょうすけ・１９５８－

なんて草笛がうまいんだろう！　どうやって吹くのか、友だちになって教えてもらいたい。でもこのあたりであまり見かけない少年なのだ。どこから来たのか、どこへ帰るのか。一陣の風のような謎めいた少年。

風船の捕まへられたがるやうに飛ぶ

野中亮介

『つむぎうた』のなかりょうすけ・1958−

ほんとうはいっしょにいたいのに逃げるふりをする。それが「捕まへられたがる」だろうか。手を離れて空へ昇るこの風船、どうやら人間をからかっているようだ。恋人たちの恋のたわむれに似ていなくもない。

春の月桶《おけ》をあふれて天にあり

野中亮介

『つむぎうた』のなかりょうすけ・1958−

春の明るい満月。まるで水に濡《ぬ》れているかのように、みずみずしく照り輝いている。あれは水桶をあふれ出て空へ昇ったのだ。「桶をあふれて」という卓抜な断定。それが春月の大きさ、美しさを言い当てている。

涅槃《ねはん》絵図掲げ真鯉《まごい》の浮かぶ山

野中亮介

『つむぎうた』のなかりょうすけ・１９５８－

釈迦が入滅した涅槃会（旧暦二月十五日）のころ、とある山寺に涅槃図が掛かっている。池には鯉。「真鯉の浮かぶ池」なのだが「真鯉の浮かぶ山」とはおもしろい。それがこの句に不思議な浮遊感をもたらした。

乾かしてまた雨を行く遍路笠《へんろがさ》

野中亮介

『つむぎうた』のなかりょうすけ・１９５８－

四国八十八か所、弘法大師空海ゆかりの寺をたどる遍路。俳句では麗《うら》らかな春の季語である。どうしたことか、おりしも雨。濡《ぬ》れた菅笠《すげがさ》の雫《しずく》を拭ってはまた雨の道へ。万物の命をはぐくむ暖かな春の雨である。

春のうららの隅田川、のぼりくだりの船人が
櫂《かい》のしづくも花と散る、ながめを何にたとふべき。

武島羽衣

『日本唱歌集』たけしまはごろも・1872－1967

京都の桜は和歌に詠み尽くされた。では東京の桜といえば、まずこの歌詞だろうか。作曲はともに東京音楽学校で教えていた滝廉太郎。欧米列強に侮られない国家をめざした明治の精神の晴れやかな遺産の一つだろう。

花筏《はないかだ》とぎれて水に花映る

南川閏

『種袋』みなみかわじゅん・1937－

水面に散り敷く桜の花びら。筏にたとえて花筏という。ぎっしり埋め尽くす花筏の、なぜかそこだけ空白があって水が現れている。のぞけば水底に岸の桜が映り込んでいる。幾重にも花の姿が重なる、春爛漫《らんまん》の風景。

目の前の花の遮る花の景　　山田閏子

『今日の風』やまだじゅんこ・1944－

桜は近くで見ても遠目に眺めても見栄えがする。山桜などは遠くからのほうが、ほのぼのと美しい。遠山桜とはその景を讃《たた》える言葉である。いま手前の桜が邪魔をして、遠くの花が見えないのだ。何という目の贅沢《ぜいたく》。

ストレッチャーでそのまま入院す目の端に桜が見えるでしょと母　　笹本碧

『ここはたしかに　完全版』ささもとみどり・1985－2019

癌《がん》とわかってから一年半。作者は闘病生活の末、二〇一九年（令和元年）六月八日永眠。享年三十四。二十代ではじめた短歌が生きる励みになっていただろうか。歌集『ここはたしかに　完全版』は友人たちの手によって一周忌に合わせて刊行された。

桜餅故山の色して縁側に　山岡猛

『羈旅《きりょ》』やまおかたけし

故山とは故郷の山。縁側で桜餅をいただきながら、花ざかりのふるさとの山を思い浮かべている。桜餅には薄焼き生地ではさむ江戸風と道明寺《どうみょうじ》糒《ほしい》で餅にする京大阪風があるが、山を思わせるのはやはり後者だろうか。

見れど飽かぬ吉野の川の常滑《とこなめ》の絶ゆることなくまたかへり見む　柿本人麻呂

『万葉集』巻第一　かきのもとのひとまろ・生没年未詳

天皇一行が吉野川の宮滝離宮で舟遊びに興じた。常滑はつるつる滑る川床。その川床が絶えることなく濡《ぬ》れているように、何度も訪ねてこの景色を眺めたい。幸せの時間は二度と帰らないことを心得ている人の歌。

春深うして　農家　耕すこと未《いま》だ足らず
原頭叱叱《しっしっ》す　両黄犢《りょうこうとく》

陸　游

漢詩大系『陸游』りくゆう・1125－1210

人類は大地を耕す。春も深まろうというのに農家はまだ耕し足りないらしい。野に出て二頭の黄色い子牛を追いながら働いている。陸游は南宋（十二、三世紀）の詩人。農村を賛美する「岳池の農家」の冒頭二行。

蝶々《ちょうちょう》が鋤《す》きしばかりの田を渡る

安田徳子

『歩く』やすだのりこ・1952－

田植えの準備のために土を掘り起こす。鋤《すき》を入れたばかりの荒々しい土くれの上を、一羽の蝶がたどたどしく飛んでゆく。羽を休める草のあるところまで。きっと生まれたばかりの蝶だろう。視界をよぎる一瞬の春。

土はおなかを立ち割る犁《すき》の
荒療治に憤慨するよりも、
おまえの歌に上々機嫌だ。

ピエール・ド・ロンサール

井上究一郎訳『ロンサール詩集』Pierre de Ronsard・1524－85

ピエール・ド・ロンサールは十六世紀のフランスの詩人。空の雲雀《ひばり》に呼びかける「ひばりへのオード」の一節。百年さかのぼるが、彩色本「ベリー公のいとも豪華なる時禱書《じとうしょ》」に描かれた農村生活を思い起こさせる。

泥亀や苗代水の畦《あぜ》つたひ

史邦

俳諧選集『猿蓑《さるみの》』ふみくに・生没年未詳

田植えの苗を育てる苗代。泥亀が畦沿いに泳いでゆく。早苗の色と泥の色、なんと春らしい色遣いだろうか。「畦うつり」とする説もあるが、「畦つたひ」こそ春の日永にふさわしい。史邦は医師にして芭蕉の門弟。

猫の子のひとり遊びを見てひとり　細川加賀

『玉虫』ほそかわかが・1924－89

春の永い一日。もらわれてきたのだろう、子猫がひとり遊びをしている。鞠《まり》にじゃれているのか、虫を追っているのか。眺めているうちに自分もひとりであることに気づいた。末尾の「ひとり」がしんと静かである。

駒返る草や九十の志　小倉英男

『あるがまま』おぐらひでお・1928－

「草、駒返る」とは若返ること。春、馬を野原に放つ。そのころの草をいう。草は春ごとに青々とよみがえる。悲しいかな、人間は一度きりの命。そうはいかないが、九十歳を機に草にあやかりたいというのだ。

みちのくの体ぶつとく貫いてあをき脈打つ阿武隈川は

本田一弘

『本田一弘歌集』ほんだかずひろ・1969－

山や川や海を見て育つ人は幸いである。阿武隈川は福島県を北へ縦断し、宮城県で太平洋に入る大河。作者は昭和四十四年（一九六九年）、福島市生まれ。少年時代から見慣れたこの川に人一倍愛着があるのだろう。

小児いしや赤い紙燭《しそく》でおくられる

『誹風《はいふう》柳《やなぎ》多留《だる》』

世界中で猛威をふるった天然痘。昔は疱瘡神《ほうそうがみ》のしわざと恐れられ、赤いものを厄除《やくよ》けにした。この川柳、往診を頼まれた小児科のお医者さん。手元を赤い紙で巻いた紙燭で、廊下を案内されるところか。紙燭は先端に火を灯《とも》す細い松の棒。

菜の花にくるり／＼と入日《いるひ》哉《かな》

蒼虬

『蒼虬翁句集』そうきゅう・1761－1842

菜の花畑の夕日といえば、蕪村の「なの花や月は東に日は西に」を思い出す。蕪村が静的なら、五十年後の蒼虬は回転する太陽を動的に描く。江戸中期以降、明るい菜種油の灯火が広まり、各地に菜の花畑が出現した。

ぬれつつぞしひて折りつる年のうちに春はいく日《か》もあらじと思へば

在原業平

『伊勢物語』ありわらのなりひら・825－880

あなたのために雨に濡《ぬ》れるのもいとわず折りました。今年の春が行ってしまわぬうちに。藤の花と書いてないのは、藤の花に添えて贈った歌だからである。言葉が足りないのは業平の歌の特長。場面も歌の一部だった。

そら豆の莢《さや》剝《む》きミサイルの話　　高橋健文

『中今』たかはしけんぶん・1951－

空豆の季節。あどけない（イノセントな！）姿に出会うたび、自然の造形の妙に感嘆せずにいられない。すぐれた画家も彫刻家もいるが、なかなかああはいかない。莢を剝きながらの四方山話《よもやまばなし》。ミサイルとは物騒な。

蘭鋳《らんちゅう》のでこぼこ頭でも綺麗《きれい》　　木村泉洋

『峠』きむらせんよう・1932－

蘭鋳はなかなか愛嬌《あいきょう》のある金魚である。おでこから背中への盛り上がる湾曲線。細い腰の先の尾びれを花のように振りながら水中を右往左往する。大きくなると大仏さまのような頭に。美とグロテスクはまさに紙一重。

蛇といふやはらかき線みどりの中　森川光郎

『町空』　もりかわみつろう・1926－

罪なく嫌われるもの。その筆頭は蛇ではなかろうか。しかしながらこわごわと見てしまうのもまた蛇である。人間に追われたか、草の上を走り去る蛇の滑らかな波状の線。これを見逃さず賛美するのも俳句の徳だろう。

◎五月

虹消えしのちは星出《い》づ星消えしのちは虹出づ石の彼方に

伊藤一彦
『MOON DROPS 月の雫《しずく》』いとうかずひこ・1943－

高校の先生と生徒。先生伊藤一彦は歌人、生徒田中等は石の彫刻家になった。やがて二人は出会い、短歌と石が出会った。太陽や月を想像させるのびやかな巨石と雄《ゆう》渾《こん》な歌のコラボ。『MOON DROPS 月の雫』の十首を紹介する。

人滅びたれど人の夢残れると囁《ささや》かれをり光と風に

伊藤一彦
『MOON DROPS 月の雫』いとうかずひこ・1943－

人類滅亡後、何が残るのか。渚《なぎさ》に埋まる自由の女神のように文明の残骸が残るのか。人類の見た夢だけが残る。青空の虹のように。光と風がささやくのが聞こえたのだ。巨石にあけた細い隙間から。

吹く風の涼《すず》しといへどなかんづく緑のなかの白の涼しさ　伊藤一彦

『MOON DROPS 月の雫』いとうかずひこ・1943－

自然の配色は絶妙。夏の圧倒的な緑にさまざまな白い花を点じて慰めてくれる。ここにたたずむのは一部は荒く削ったまま、大部分は滑らかに磨いた白い大理石。いずこともしれない木陰に。

わが若き多感なる友らつどひ来ぬ石屋古本屋美学者電工　伊藤一彦

『MOON DROPS 月の雫』いとうかずひこ・1943－

歌人伊藤と彫刻家田中等。二人が先生と生徒として出会ったのは宮崎県の高校だった。のちに教え子が伊藤家に遊びにきたときの歌。彼らの成長してゆく姿を目の当たりにした。このとき短歌は喜びの器。

彫刻家君に彫刻棄《す》てさせしインドの国の尊しや否や　伊藤一彦

『MOON DROPS 月の雫』いとうかずひこ・1943－

アメリカのヒッピー文化は日本にも押し寄せた。田中等は二十代半ばにインドを放浪。四年後、宮崎県知事賞を受賞したころ、伊藤が贈った歌。ずっと見守ってくれる人がいるのは何と幸いなことか。

災厄のごとき若さの過ぎてなほ苦しむ君をわれ如何《いかん》せん　伊藤一彦

『MOON DROPS 月の雫』いとうかずひこ・1943－

伊藤と田中等は六歳差。師弟といっても兄弟のような関係だろう。この歌に感じられるのもそれ。ひとり苦悩する弟を見守る兄。ただし何の手出しもしない。自分で悩みぬくしかないと知っているから。

かなしみは秘めて語るな目にしみるアメリカのブルー日本《にっぽん》の青　伊藤一彦

『MOON DROPS 月の雫』いとうかずひこ・1943−

アメリカ東海岸メーン州ブルーヒル。信号機もコンビニもない町。その海岸に田中等の彫った「The window of the sea wind」が立つ。大きな円形の石がくり抜いてあって青い海風が吹き抜ける。

先の世のいかなる人が一本《ひともと》の大《だい》なる石となり立ちたまふ　伊藤一彦

『MOON DROPS 月の雫』いとうかずひこ・1943−

宮崎県日向岬。太平洋に向かって立つ三メートルの巨石。南太平洋イースター島のモアイを思い起こさせる。遠い昔、アフリカを旅だった人類は太平洋にたどり着いた。そのときのように海を見つめて。

いにしへの人のこころの熱かりき再生の夢託したる船

伊藤一彦

『MOON DROPS 月の雫』いとうかずひこ・1943－

石は地球の記憶。石を彫ることは地球の記憶を彫ることにちがいない。一方、詩歌は人類の記憶を蘇《よみがえ》らせる。言葉は人類の記憶のチップだから。この歌が蘇らせるのは歳月に埋もれたノアの箱舟の神話。

分かれたる半身《ハーフ》と半身《ハーフ》が引きあへる見えぬ力に世界は動く

伊藤一彦

『MOON DROPS 月の雫』いとうかずひこ・1943－

人はなぜ愛し合うか。プラトンはいった。頭が二つ手足が四本ずつあった人間が二つに引き裂かれた。その失われた片割れを求め合う、これが愛であると。東西冷戦後、チェコに据えられた和合の巨石。

恋人と呼んでください。それがぼくの新しい洗礼、これからはもうけっして
ロミオではありません。

ウィリアム・シェイクスピア

関口篤訳編『シェイクスピア詩集』William Shakespeare・1564−1616

人は二度誕生する。一度は両親から、二度目は宿命的な恋によって。ロミオが庭にいるとも知らず、夜のバルコニーで愛を語るジュリエット。それを聞いたロミオは思わず呼びかけてしまうのだ。

万有引力とは
ひき合う孤独の力である

谷川俊太郎

『自選 谷川俊太郎詩集』たにかわしゅんたろう・1931−

「氷が解けたら何になる?」。理科の時間、先生が問いかける。正解は水。ところが生徒の一人が手を挙げて答える。「春になります!」。この詩もこの子どもの答えに似ている。「二十億光年の孤独」の一節。

ますらをや片恋せむと嘆けども醜《しこ》のますらをなほ恋ひにけり

舎人皇子

『万葉集』巻第二　とねりのみこ・676－735

「ますらを」は男らしい男。何と情けない、あなたに振り向いてもらえないなんて。これでは男としてみっともない。それでも恋い慕っています。捨て身の求愛に相手の女も折れたようだ。作者は天武天皇の皇子。

満月と花を浮かべて大き闇

飛高隆夫

『川あかり』ひだかたかお・1936－2020

花といえば桜。俳句ではそうなっている。しかしこの句の「花」は桜のような小さな花ではなく、大きな一輪の花を思わせる。牡丹《ぼたん》、朴《ほお》の花、泰山木の花。そんな大きな花が夜空に浮かんで満月の光を浴びている。

薔薇《しょうび》　東窓《とうそう》に縁《よ》り
女蘿《じょら》　北壁に繞《めぐ》る。

李　白

漢詩大系『李白』りはく・701－762

長安郊外の山荘を久々に訪ねた。風景は何も変わらないのに、山荘の薔薇《ばら》は東の窓に蔓《つる》を伸ばし、ヒカゲノカズラは北の壁にからまる。草木の姿に長き不在を実感するのだ。「春、終南山の松龍旧隠に帰る」の一節。

初夏や浦々競ふ風の色

森有也

『鉄線花』もりゆうや・1941－

松江から下関市内まで山陰本線の電車でたどったことがある。緑の山に抱かれた小さな入り江が現れては遠ざかる。岩に波が打ち寄せ、白い鳥が空を漂う。この句が描くのもそんな海岸風景。「浦々競ふ」のとおり。

ゆらゆらと砂丘の駱駝《らくだ》が起き上がる地球を担ぎあげるが如《ごと》く　冬道麻子

『梅花藻』ふゆみちあさこ・１９５０―

象、キリン、駱駝。大きな動物が立ち上がる、それは感動的な光景。折り曲げていた脚を伸ばしながら、重い胴体を持ち上げてゆく。立ち上がることによってはじめて動物は動物になる。地球の引力に逆らいながら。

葉のとぢてほのくれなゐの合歓《ねむ》の花にほへる見れば幼な夕合歓　北原白秋

『北原白秋歌集』きたはらはくしゅう・１８８５―１９４２

白秋の故郷、水郷柳川《やながわ》（福岡県）。夕暮れの水辺に立つ合歓の木。葉を閉じはじめた梢《こずえ》に、煙《け》ぶるような赤い花が眠っている。花の寝顔をそっとのぞいているのだ。子どものころの自分の寝顔をのぞきこむように。

持つべきは男友達初鰹《はつがつお》

西村和子

『わが桜』にしむらかずこ・1948－

初鰹の季節。気楽に酒を楽しめる男友達がいてよかったなあというのだ。女友達ではだめなのかしらと思う人もいるだろうが、そうした比較考量はここでは野暮《やぼ》というもの。初鰹さながら気《き》っ風《ぷ》のよい句である。

わが夏をあこがれのみが駈《か》け去れり麦藁《むぎわら》帽子被《かぶ》りて眠る

寺山修司

『寺山修司全歌集』てらやましゅうじ・1935－83

何かを願うあまり心が体を抜け出してさまよう。それが「あこがれ」である。あこがれるばかりで今年の夏もむなしく過ぎてゆく。それを「わが夏」といいかえれば一回きりの夏ではなく、わが人生の夏に変わる。

ナイターの歓声空を眠らせず　涌羅由美

『音色』ゆらゆみ・1964－

夏の宵、横浜スタジアムの脇を通ると、ナイターの照明が夜空を照らし湧き上がる歓声が聞こえる。あれはなかなか風情があった。昭和の日本がまだ元気だったころの風情である。ナイターは今も夜空を照らしているか。

天空の田へと早苗の箱運ぶ　茨木和生

『恵《めぐ》』いばらきかずお・1939－

天空の田。ヒマラヤ山脈の南の麓、稲作をするというブータンの風景を思い浮かべた。けなげにも人々は山の斜面に棚田を作り、水をたたえて稲を育ててきた。作者の住む奈良県の山奥にも、そんな棚田があるのだろう。

こゝろほど牡丹《ぼたん》の撓《たわ》む日数かな　　太祇

『太祇句選』たいぎ・1709－71

「こころほど」とは何と心憎い。「こころもち」の意味だが、意味だけに収まらないのが言葉である。私の心もまたこの牡丹の花のようにたわんでいる、そんな憂愁の思いが漂う。意味よりも風味を大事にするのが俳句。

大砲のごと口から放つ枇杷《びわ》の種　　園田靖彦

句文集『島に生きる　季語と暮らす』そのだやすひこ・1943－

その季節が訪れるたびに枇杷の色に感嘆する。黄色でも橙色《だいだいいろ》でもなく、白い産毛におおわれたあの色合い。ようやく色づきはじめた午後四時の夕空の色といえばいいか。さて種はこの句のとおり。

青春の蔵書縛りぬ夏の雲　　田代青山

『三葉虫』たしろせいざん・１９４９－

年齢は外部の押し付け。本人はいつまでも青春のつもりでいることもある。ある日、青春をとうに過ぎてしまっていることに気づくのだ。みれば本棚には若き日の愛読書の数々。やれやれという声の漏れてくる一句。

滝川や波もくだけて石の火のいでける物とちる蛍かな　　正徹

『永享五年正徹詠草』しょうてつ・１３８１－１４５９

急流の波が岩に当たって砕け散る。そのあたりを火打ち石から出た切り火のようにホタルが飛び交う。正徹は室町時代中期、京都東福寺の僧にして歌人。厄介な時代を生きながら鋭い歌論『正徹物語』を残した。

すがたみにうつる月日や更衣《ころもがえ》

也　有

『蘿葉集《らようしゅう》』やゆう・１７０２－８３

鏡は現在だけでなく過去も未来も映し出す。この句、人生がありありと映っている。それ相応の年齢の人である。旧暦時代は四月（新暦五月ごろ）綿入れの綿を抜き、夏の袷《あわせ》に改めた。これが更衣。也有は江戸中期の俳人。

琉金《りゅうきん》の鈴鳴るやうに寄りきたる

川嶋一美

『円卓』かわしまかずみ・１９４９－

ふわりと広がるドレス！　花のような尾がくびれた腰によって丸い体にとりつけてある。大きな尾を左右に振らないと前に進めないのだ。その琉金の泳ぎ方が「鈴鳴るやうに」。江戸時代、中国から琉球を経て渡来した。

かる〳〵と赤子をだいてしかられる

『誹《はい》風《ふう》柳《やなぎ》多《だ》留《る》』

赤ちゃんとママ。二人を取り巻く人々が浮かび上がる。新米のパパが一家の女たちにたしなめられているのだ。そんなに揺らしちゃダメじゃないの。ママの兄弟に当たる若者かもしれない。一を描いて十を表す、江戸川柳の細やかなところ。

滴りのきらめきが掌《て》に溜《たま》りけり

福田甲子雄

『福田甲子雄全句集』ふくだきねお・1927－2005

夏の山の崖や岩から漏れ落ちるきれいな水。これが俳句でいう「滴り」である。いうまでもなく作者が掌で受けているのは水なのだが、水の光を受け止めているようなのだ。作者は山梨県南アルプス市の俳人。

◎六月

蟹《かに》の目の巌間《いわま》に窪《くぼ》む極暑かな　泉鏡花

秋山稔編『泉鏡花俳句集』いずみきょうか・１８７３－１９３９

泉鏡花は潔癖家だった。消毒液を持ち歩き、刺し身は煮る。その人が『高野聖』『婦系図《おんなけいず》』などの小説で出現させたのは濃密な空間だった。俳句もまた。岩かげから夏の外界をじっとうかがう蟹。秋山稔編『泉鏡花俳句集』の十句を紹介する。

雲の峰頂に孫悟空哉《かな》　泉鏡花

秋山稔編『泉鏡花俳句集』いずみきょうか・１８７３－１９３９

孫悟空の乗り物は筋斗雲《きんとうん》。宙返りも滑空もできる、いわば空のスケートボードである。真夏の空の入道雲を仰ぎながら自由自在に飛び回る孫悟空を見ているのだ。見えないものを見る想像力が鏡花の世界を生んだ。

新しき袷《あわせ》によるや風の皺《しわ》　泉鏡花

秋山稔編『泉鏡花俳句集』いずみきょうか・１８７３－１９３９

風薫る初夏、着物は綿入れを袷に改める。表と裏、二枚の布を縫い合わせただけの袷。綿入れと違って軽やか、身によくなじむ。その感じが「風の皺」だろう。風が吹けばその跡がさざ波のように残りそうなのだ。

青簾《あおすだれ》眉の上まで捲《ま》いたりけり　泉鏡花

秋山稔編『泉鏡花俳句集』いずみきょうか・１８７３－１９３９

眉の上までとは微妙な高さである。新しい簾をするすると巻き上げて誰かと対しているのだ。簾の内にいるのは女性。顎と唇と鼻、それに目がやっと見える。昔そうしたように眉は剃《そ》り落としてあるのかもしれない。

客ありやレモン白玉夏氷　　泉鏡花

秋山稔編『泉鏡花俳句集』いずみきょうか・１８７３－１９３９

レモン白玉といえば、その色も美しいかき氷。白く盛り上げた氷の山にレモンの黄色いシロップをかけて、点々と白玉を添える。現代の句かと勘違いしてしまいそうだが、明治三十一年（一八九八年）六月の句である。

土橋《どばし》から一人消えたるすゞみ哉《かな》　　泉鏡花

秋山稔編『泉鏡花俳句集』いずみきょうか・１８７３－１９３９

土橋は丸太を組んだ橋の上に土を敷いて踏み固めたもの。欄干はない。夕涼みの人が「一人消えたる」といえば、さては落ちたかとあわてるが、立ち去っただけだろう。ヒヤリとさせて涼を味わわせる。怪談と同じ。

夕すゞみ猿にうちはをとられけり　泉鏡花

秋山稔編『泉鏡花俳句集』いずみきょうか・1873－1939

夕涼み中、猿に団扇《うちわ》を奪われた。ところが「西遊記を読み羅刹《らせつ》あねごに題す」という前書きを読めば場面一変。「羅刹あねご」は『西遊記』に登場する羅刹女。火焔《かえん》山《ざん》の炎も吹き消す芭蕉扇を孫悟空に渡してしまう。

水晶を夜切る谷や時鳥《ほととぎす》　泉鏡花

秋山稔編『泉鏡花俳句集』いずみきょうか・1873－1939

キョッキョッキョキョキョキョという時鳥の鋭い声。テッペンカケタカ、特許許可局と聞きなす。鏡花はダイヤモンドの刃で水晶を切る音にたとえた。それも夜更け、しかも深い谷底で一人水晶を切る想像の人。

髪長き蛍《ほたる》もあらむ夜はふけぬ

泉鏡花

秋山稔編『泉鏡花俳句集』いずみきょうか・１８７３–１９３９

髪長き蛍とは。蛍たちが飛び交う恋の時間も終わってしまった。恋が成就したのか、水辺の草むらでひっそりと明滅する一つの蛍。その姿に王朝の昔、御簾《みす》のかげで恋人に抱かれて絶え絶えに息をする女人を重ねた。

小狸《こだぬき》の鼻打当《うちあ》てし茄子《なすび》かな

泉鏡花

秋山稔編『泉鏡花俳句集』いずみきょうか・１８７３–１９３９

月夜の茄子畑。母狸のあとにつづく子狸たち。ふと一匹が何かにぶつかった。ある朝、浅漬けの茄子を箸に摘《つま》んで、あわてものの子狸のことを想像する。潔癖家の鏡花もさすがに茄子漬けを煮て食べた話はない。

ひらく傘に音立て雨滴はずみたる朝は小さき旅が始まる　内野光子

『野にかかる橋』うちのみつこ・1940－

雨の季節。心も晴れない朝、こんな歌はどうだろうか。一日一日が小さな旅。もちろん楽しいことばかりでなく、辛《つら》いこともあるが、やがてもとの場所に帰り着く。社会活動に旺盛に取り組んでいる人である。

このままでいいのか、いけないのか、それが問題だ。

ウィリアム・シェイクスピア

関口篤訳編『シェイクスピア詩集』William Shakespeare・1564－1616

To be, or not to be, that is the question.　明治以来、何人もの翻訳家が『ハムレット』のこの台詞《せりふ》の日本語訳に挑んだ。父王を毒殺した王弟と母の王妃に復讐《ふくしゅう》するか否か。目の前の選択肢は二つ。

ふるさとの萌《も》えたつ山を越えて行く春の獣の親子のあらん　小田好子

『安川沿い』おだよしこ・1942−

鹿か猪《いのしし》か狸《たぬき》か狐《きつね》か。人間の目の届かない山奥で、人間にわからない何かを察知して移動する山の獣たち。人間界の外側に人間界と別の、獣たちの世界が今もたゆみなく営まれている。なぜかほっとする歌である。

ひっそりとした夜は
山を越えよ　福井桂子

『福井桂子詩集』ふくいけいこ・1935−2007

なんと静かな言葉だろうか。水を打たれた夜の闇のように言葉がひっそりと横たわっている。やわらかな体でかすかに息をしながら。一九三五年（昭和十年）生まれ、二〇〇七年（平成十九年）死去。「山越え」という詩のとある二行。

けふもまた誰も来ざりき斯《か》くおもひ心安らかに戸は閉《とざ》すなり

若山牧水

『若山牧水歌集』わかやまぼくすい・1885－1928

人間嫌いという人がいる。自分も人間だから自分も嫌いかと思うと、自分だけは深く愛する人である。ここに描かれるのはむしろ人を愛する人。「心安らかに」は平穏な世界に訪れた夜への賛辞。「静夜」の題がある。

にんげんの顔が半分になつたあと眼《め》は人の目に敵意をさぐる

林和清

『朱雀《すざく》の聲《こえ》』はやしかずきよ・1962－

マスク生活も二年目。そろそろ顔の下半分の働きをあらためて納得するころ。呼吸、食事、会話。いや口には笑いという機能もあった。マスクでおおわれれば、笑いの役目はすべて目にお任せ。目は大変なのだ。

泥のほか見ざるひと日や代《しろ》を掻《か》く

若井新一

『風雪』わかいしんいち・1947－

農業も今やグローバル経済に組み込まれている。世界の食糧事情がいちいち米や野菜の値段に影響する。ただ農家は米作り野菜作りに無心に励んでいる。この句のように。田植えを前に水を張った田を均《なら》すのが代掻き。

魚市場滑走しくる角氷

能村研三

『神《かみ》鵜《う》』のむらけんぞう・1949－

濡《ぬ》れたコンクリートの床を大きな氷が疾走する。活気あふれる朝の魚市場が透明な直方体に映って流れ去る。鉤爪《かぎづめ》を引っ掛けられ、台車に乗っているのかもしれないが、滑走という言葉はそんな涼気を漂わせている。

重ねても涼しかりけり夏衣うすき袂《たもと》に宿る月影　藤原良経

『新古今和歌集』ふじわらのよしつね・1169－1206

着物の袖口の下が袂。夏衣の袂を月が照らしている。それを夏衣に月光の衣を重ねたとおどけているのだ。良経は平安末期から鎌倉初期の宮廷文化と政治のリーダー。摂政太政大臣。月影は月光。影は光でもある。

謫僊《たくせん》を喚《よ》び起《おこ》して　泉面《いずみめん》に灑《そそ》ぎ
鮫室《こうしつ》を倒傾して　瓊瑰《けいかい》を瀉《そそ》がん　蘇東坡

漢詩大系『蘇東坡』そとうば・1036－1101

鳳凰《ほうおう》山頂の有美堂から江南を一望した「有美堂暴雨」の一節。酔っ払いの李白（謫僊）に泉の水をかけて目覚めさせ、人魚の部屋（鮫室）をひっくり返して真珠（瓊瑰）が転がり出るように詩を作ってもらおう。

恋心涼しミンサー織涼し　　木暮陶句郎

『薫陶』こぐれとうくろう・1961－

ミンサーは沖縄で織られる男の帯。遠くアフガニスタンから伝わったという。八重山では四角の絣《かすり》文様を五つ、また四つ組み合わせたものを繰り返す。これを花嫁が花婿に贈る。「いつ（五）の世（四）までも末長く」。

間取り図の点線はわが一にちのうごきすなわち生活動線　　秋山周子

『二十三階の窓』あきやまちかこ

自宅の中にセンサーを取り付ける。警備会社に安否を確認してもらうためである。センサーの場所を決めるため担当者が生活動線を調べる。長く一人で暮らすとなると、これも必要だろう。現代生活の一風景。

夕立の跡柚《ゆ》の薫る日陰哉《かな》

北　枝

『蕉門名家句集』ほくし・?－1718

柚子《ゆず》の木は緑豊かな木。秋には黄金の実をたわわにつけるが、今は白い花が咲いているところ。ざっと夕立が叩《たた》いていったあと、甘い香りが漂いはじめる。まだ雫《しずく》を滴らせている葉かげで。北枝は蕉門、金沢の人。

天雲に近く走りて鳴る神の見れば恐《かしこ》し見ねば悲しも

作者未詳

『万葉集』巻第七

この歌、いいたいことは下の句の「見れば恐し見ねば悲しも」。あなたに会えば恐れ多い、会わなければ悲しい。高貴な男に愛された女の歌。上の句は女の気持ちを具象的な映像にする序詞。あなたって雷のような。

青梅や空《むな》しき籠に雨の糸　夏目漱石

『漱石全集』なつめそうせき・1867－1916

青梅を摘む人もなく、空っぽの籠に雨が降っている。ところがこの句には「悼亡」の前書き。いったい誰の追悼句かと思えば、門下の松根東洋城が飼っていた文鳥が死んだのだという。空っぽの鳥籠に雨が降っている。

あまだれを手へ受《うけ》させて泣《なき》やませ

『誹風《はいふう》柳《やなぎ》多留《だる》』

泣く子と地頭には勝てぬ。とはいうものの放ってはおけない。かといって女房には去られてしまった。勝手な読みを承知でいえば、シングルファーザーの気持ちではないか。雨だれのリズムに赤ちゃんは何を感じたか。切ない川柳である。

落ち込みし日にこそ覗《のぞ》け蟻地獄《ありじごく》

遠藤若狭男

『若狭』えんどうわかさお・1947－2018

乾いた砂に火山のような口を開く蟻地獄。ウスバカゲロウの恐ろしい幼虫が潜んでいて、それとも知らぬ蟻が足を滑らせるのを待ち構えているのだとか。非情の摂理そのままの仕掛けである。鬱屈《うっくつ》の慰めとなるかどうか。

あら野行《ゆく》我《わが》影もなき暑《あつさ》哉《かな》

不白

『近世俳句俳文集』ふはく・1719－1807

太陽がかんかんと照りつける夏野。身を入れてしばし涼む木立も家も見当たらない。自分の影も蒸発してしまったかのようなまばゆさなのだ。不白は江戸中期の俳人、茶人。紀州新宮に生まれ、表千家不白流の祖。

魂を抜かれて涼し仏たち

平尾福

『百福』　ひらおふく・１９５５－

仏に魂を入れるという。彫っただけでは仏像、魂を入れてこそ仏になる。しかし魂ほど厄介なものもない。魂ゆえ人間は苦悩するではないか。東京国立博物館での仏像展。寺に魂を置いて、さっぱりした仏像が並ぶ。

◎七月

うまれきてはじめての正月　しろ犬のテオのちゃわんにそそぐわかみず

佐佐木幸綱

『春のテオドール』ささきゆきつな・1938−

猫は身勝手にして不可思議だが、犬は忠実にして哀《かな》しい。文学者には猫好きが多いが、犬好きはまれ。『春のテオドール』は白いゴールデンレトリバーに捧《ささ》げられた歌集である。十首を酒の肴《さかな》に歌人の愛犬家ぶりをのぞいてみることにしたい。

たけのこで焼酎のんでテオのくちをあけさせて春の舌さわりおり

佐佐木幸綱

『春のテオドール』ささきゆきつな・1938−

酒には一線がある。それを守るかどうかで酒を愛する人かただの酔っ払いかがわかる。作者は日本ほろよい学会の会長であるから当然前者。ここは愛犬にじゃれている場面。桃色の舌。ちょっと危ないか。

無防備にはらだしあおむけにねてしまうまだ幼年のゆめ見いるらん

佐佐木幸綱

『春のテオドール』ささきゆきつな・１９３８－

子どものころ、まわりの大人に愛された記憶。これがどれほど人生を豊かにするか。わがままな猫はいざ知らず、素直な犬もまた愛の記憶は一生の支えになる。無防備でいられる主《あるじ》とその家族。これが大事。

「いやぁまぁね」と謙遜のふり「キャラの立つ犬ですねえ」とほめられておれは

佐佐木幸綱

『春のテオドール』ささきゆきつな・１９３８－

朝の散歩の途中、犬を連れた人に出会う。黙ってすれ違うのだが、たいてい飼い主より犬のほうが立派なのはなぜか。さてこの歌、ほめられたのは犬なのに、自分がほめられたかのよう。一心同体の境地？

きにいりのアノマロカリスのぬいぐるみだいてねているテオの夕ぐれ

佐佐木幸綱

『春のテオドール』ささきゆきつな・1938―

アノマロカリスは五億年前カンブリア紀の海を泳ぎ回っていた節足類。伊勢エビや渡《わた》り蟹《がに》のご先祖と思えばいいか。にしても犬の心は計りがたい。今もバルタン星人のフィギュアを飾っている人に近い？

テオのめがさんかくになりにんげんをみあげる　そうだ右のみちへゆこう

佐佐木幸綱

『春のテオドール』ささきゆきつな・1938―

目を三角にする。人間なら怒りの表情である。犬の場合、どうなのか。この歌からすると、どうも「？」のようだ。右か左か、どっちへ行く？　猫ならば気の向くままにゆく。犬は人間を立ててくれる。

はなびのおとにがてなテオよ　たまがわのはなびのよるはここにねむれり

佐佐木幸綱

『春のテオドール』ささきゆきつな・１９３８－

賢くて忠実で優しい。まるで理想の恋人の条件を備えているのがゴールデンレトリバーらしい。十九世紀のスコットランドで鴨撃《かもう》ちの猟犬として誕生した。苦手はテオの場合、雷と花火。で、ごらんのとおり。

ボールずきのテオがはしればはやおきの白鶺鴒《はくせきれい》が二つとびたつ

佐佐木幸綱

『春のテオドール』ささきゆきつな・１９３８－

主人が撃ち落とした鴨《かも》を水に分け入ってくわえて帰る。それがゴールデンレトリバーの役目だった。テオがボールが好きなのはその血統のゆえだろう。早朝の河原。朝食中のセキレイ夫妻があわてて飛び立つ。

テオはしろいゴールデンゆえたいふうのよるもゆらりとしろい尾をふる

佐佐木幸綱

『春のテオドール』ささきゆきつな・1938−

白い犬には神秘が宿る。滝沢馬琴の傑作『南総里見八犬伝』の八房《やつふさ》は八つの斑《まだら》のある白い犬。伏姫《ふせひめ》はその霊気で八人の犬士を身ごもる。テオに霊力があるかどうか。白い尾をゆらりと揺らす姿にはその風格がある。

おもいつきたることとあるらしく二階からいそぎおりくるテオとであえり

佐佐木幸綱

『春のテオドール』ささきゆきつな・1938−

犬にかぎらず動物は何かの気配を感じながら生きている。悲しいかな、人間は進化のどこかにその能力を忘れてきてしまった。テオに何かひらめいたのだ。階段を上がってくる主《あるじ》を素通りして駆け下りてゆく。

雪を舞う恋にもあるや志　　鈴木明

『鈴木明全句集』すずきあきら・1935―2021

「雪」は地唄舞の名曲。恋しい男を待つ女が唐傘一つを手に舞う。日本から志そのものが失われつつある今、「恋の志」といわれても「？」の人が多いだろうか。雪の句を真夏にとりあげる酔狂をあえてする次第。

むし暑き梅雨の晴れ間に大き影庭面《にわも》に写し飛ぶ黒揚羽《くろあげは》　　浅羽英子

『蝶《ちょう》に魅せられて』あさばひでこ・1928―

ゆらりと現れては消える大きな黒揚羽。雨気をたっぷり孕《はら》む大気の化身のように。『蝶に魅せられて』は日本だけでなく世界中の蝶をたたえる歌集である。蝶の採集をはじめて半世紀、標本箱は百を超え、博物館に保管されているという。

大鯰《おおなまず》そねむなひがむな暴れるな　　玩亭

雷《らい》はためきてゆらぐ天地《あめつち》　　乙三

丸谷才一句集『七十句　八十八句』がんてい・1925－2012／おっさん・1924－

どうやら地震の巣の上にあるらしい日本列島。東日本大震災後に制作された歌仙（連句）「大鯰の巻」は地震鎮めの一巻である。その発句と脇。玩亭は小説家の丸谷才一、乙三は歌人の岡野弘彦。

3Lのズボンの裾をまるめ上げマタニティー用作業着とする　　奥村知世

『工場』おくむらともよ

「肉体を使い、目の前の具体的なものに対して仕事をしていくことへのあこがれ」をあとがきで語る。工場で働き子育てをする。そんな人は多いが、それを短歌にする。肉体による労働と育児。世界との明確な接点。

子にしかられた吹聴をしてあるき

『誹風《はいふう》柳《やなぎ》多留《だる》』

「ものごころがつく」という。子どもが成長して人の気持ちがわかるようになることと思えばいい。この江戸の川柳、子に初めてたしなめられたことが嬉《うれ》しくてたまらないのだ。ものごころつきはじめたわが子の成長を素直に喜ぶ親の姿。

あけびの実は汝《なんじ》の霊魂の如《ごと》く
夏中ぶらさがつてゐる

西脇順三郎

『西脇順三郎全集』にしわきじゅんざぶろう・1894－1982

「汝カンシヤクもちの旅人よ」とはじまる「旅人」の一節。崖にぶら下がるアケビの実のように、魂を故郷の新潟県小千谷に残したまま旅する詩人の自画像。まだ青いアケビの実である。詩集『Ambarvalia』所収。

飲食によごす唇　日常の上澄みに鋭く風鈴鳴れり　早智まゆ李

『ひかりのしだり尾』さちまゆり・1951－

人間は動植物の命を奪って食べたり飲んだりしなければ生きてゆけない。その罪悪感をこめて「オンジキ」という。「インショク」とは意味合いが異なる。罪深い人間界のちょっと高みでときおり鳴る風鈴。

ほたる籠抱くやうにして眠りたる　後藤恵子

『鯛焼《たいやき》』ごとうけいこ・1946－

音もなく明滅する蛍の何と美しいこと。見とれているうち、いつの間にか眠ってしまったのだろう。子どものころの思い出にちがいない。周りにいた優しい家族たちよ。子どものころの幸福の思い出こそが人生を支える。

川崎展宏

百合《ゆり》の束担いで谷を落ち行けり

川崎展宏全句集『春』かわさきてんこう・1927－2009

日本は百合の王国。幕末の開国以来、ヨーロッパへ輸出され、さまざまな品種を生み出した。ここに描かれるのは野生の百合。薄紅のヒメサユリではないか。山中の群生地から切り出し町へ運んでゆくのだ。

關考一

玉蟲《たまむし》に飛び回られてゐる木かな

『ジントニックをもう一杯《ひとつ》』せきこういち・1963－

山津波が襲った熱海の伊豆山。あの近くに蓬莱《ほうらい》という旅館があった。三階の縁側に大樹が茂っていて今ごろ玉虫が飛び回った。旅館は人手に渡ってしまったが、あの大樹と玉虫はつつがなしや否や。

常に驩《かん》を結ぶことの浅きを恨む
各《おのおの》天の一涯に在り

杜　甫

漢詩大系『杜甫』とほ・７１２－７７０

詩人高適《こうせき》への送別の詩「高三十五書記を送る、十五韻」の一節。君との交わりはまだ浅いが、大空の果てと果てに別れることになった。冬のオリオン座の三連星と夏の蠍座《さそりざ》のアンタレスのようにとつづく。驩は歓。

刻々と入道雲のたちわたり信濃の空の眩《まぶ》しさ白さ

逸見久美

『明星游子《ゆうし》（続）』いつみくみ・１９２６－

富士山は荘厳な山。一方、浅間山はたおやかな山である。聳《そび》え立つというより、横たわるその姿は間近に仰ぐとき、とくにすばらしい。作者は一九二六年（大正十五年）生まれ。この歌の信濃の空にも浅間山が横たわる。

戸口から青水《あおみ》な月《づき》の月夜哉《かな》　　一茶

『一茶全集』いっさ・1763－1827

水無月《みなづき》は六月と思っている人が多いが、旧暦六月のこと。今の太陽暦では炎天の七月にあたる。草木が青々と茂るので青水無月ともいう。夕涼みにでも出たのだろうか、戸を開くとたちまち涼しい月の光に包まれた。

炎日のやうやく昏《く》るるメリーゴーランド　　星野恒彦

『月日星』ほしのつねひこ・1935－

人の世がはかない祭りなら、回転木馬メリーゴーランドほどふさわしいものはない。心が沈んでいても音楽とともに世界は回りつづける。この句、メリーゴーランドがゆっくり止まるところか。祭りはやがて終わる。

紅《くれない》の花にしあらば衣手に染め付け持ちて行くべく思ほゆ

作者未詳

『万葉集』巻第十一

『万葉集』巻第十一は作者不明の恋の歌を集める。あなたが紅花《べにばな》なら衣の袖に染めていっしょに行くのに。男から女に贈った別れの歌である。恋の炎が燃え尽きたのではなく、恋の最中に仕方なく旅立たねばならなくなったのだろう。

青空を栞《しおり》とした籐《とう》寝椅子

柳田寛

『雪の声』やなぎだひろし・1951－

本を閉じるとき、今日の青空がすっと挟み込まれた。山荘のベランダか緑陰で読書をしていたかのような句である。また読みはじめるときは、あの青空を挟んでおいたページを開けばいい。何とすてきな栞だろうか。

空間と時間しかない夏座敷

高橋将夫

『命と心』たかはしまさお・1945－

テレビにはきれいに片づいたキッチンやリビングが出てくる。あれは生身の人の住まいではない。一日でも人間が暮らせば道具は増えて散らかるもの。この句が描くのも理想の夏座敷。人間がいれば、すぐ散らかる。

ローマは大きい。だがそこはただ一人の男がでんと居すわっている大広間だ。

ウィリアム・シェイクスピア

関口篤訳編『シェイクスピア詩集』William Shakespeare・1564－1616

シェイクスピアの戯曲は人間の劇場。あらゆる型の人間が舞台に登場する。キャシアスがブルータスにシーザー暗殺をそそのかす場面。人を操って悪事を働かせるのは自分で悪事を働くより質《たち》が悪い。

人避けてひと日ををれば午《ひる》過ぎて歌ごころ湧けりよしやひとりは　窪田空穂

『窪田空穂歌集』くぼたうつぼ・1877−1967

一九二三年（大正十二年）の関東大震災の翌日、歌人は地獄絵の東京を歩いた。一連の歌のあと「閑居」と題して置かれる歌。どんな悲惨な時代でも空穂の歌は健在だった。ただしそれは孤独な心に宿るものだった。

昔聞く天《あま》の川原《かわら》に尋ねきて跡なき水をながむばかりぞ　藤原良経

家集『秋篠月清集《あきしのげっせいしゅう》』ふじわらのよしつね・1169−1206

「天の川原」は今の大阪府交野《かたの》市あたり、昔は交野ヶ原と呼ばれた場所。天の川の河原とも聞こえる。王朝時代、在原業平らがここで狩りをして遊んだ。三百年後、訪ねてみれば川の水が流れているだけ。良経の家集『秋篠月清集』から。

◎八月

初凪《はつなぎ》や引《ひき》揚《あ》げ船の水脈《みお》遥《はる》か　大串章

『恒心』おおぐしあきら・1937－

昭和二十年（一九四五年）の敗戦時、満州（現中国東北部）には多くの日本人が残された。迫り来るソ連軍、敵に変じた現地人から逃れて大移動がはじまった。作者は七歳。やっと家族と乗り込めた引揚げ船の思い出の一句。句集『恒心』の十句をみてゆく。

敗戦忌匪賊《ひぞく》の怒声忘れ得ず　大串章

『恒心』おおぐしあきら・1937－

日本敗戦の瞬間、満州は広大な無法地帯となった。匪賊とは国家に統制されない武装集団。後ろ盾を失った日本人を襲い、略奪や殺傷に及んだ。ある夜、日本人の避難所が襲われたのだ。しんとこちらを向く黒い銃口。

ふるさとへ届けと草矢飛ばしけり

大串章

『恒心』おおぐしあきら・1937－

大串章は昭和十二年（一九三七年）佐賀県生まれ。「ふるさと」といえば満州ではなく、やはり佐賀だろうか。ただ「ふるさとへ届け」という言葉には満州から故郷を目ざした、はるかな苦難の旅の思いがこもっている。

夏蝶《なつちょう》に野原残して帰りけり

大串章

『恒心』おおぐしあきら・1937－

夏の夕暮れ、光の中で蝶が飛んでいる。さっきまで子どもたちがここで遊んでいたのだ。大串が満州から帰り着いた故郷佐賀の光景かもしれないが、引き揚げるとき残してきた満州の野原でもある。思い出は重なる。

夕月夜老いゆく日々の中にあり

大串章

『恒心』おおぐしあきら・１９３７－

若死にしないかぎり誰でも年老いる。しかし自分の老いは誰にも初めての経験である。この句も自分の老いに密《ひそ》かに驚いているのだ、夕月を仰ぎながら。「いつのまにか自分もまた」という思いが遠くから聞こえる。

亡き人のかけし風鈴鳴りつづく

大串章

『恒心』おおぐしあきら・１９３７－

風鈴を聞きながら、ふと気がつくのだ。風鈴をかけた人も亡くなってしまった。人は亡くなっても風鈴は鳴りつづける。その人が生きていた夏と同じように。風鈴にかぎらず窓も椅子もしばし生前のままありつづける。

秋風に白鬚《ひげ》揺らし山羊《やぎ》笑ふ　大串章

『恒心』おおぐしあきら・１９３７－

山羊が笑うのを最後に見たのはいつだったか。山羊はいつも笑っているが、大人になると悲しげな顔に見えてしまう。この句は子どもの心に帰って見た山羊の笑顔。それとも子どものころに見た山羊の笑顔の思い出。

淋しげな子に鯔《ぼら》飛んでみせにけり　大串章

『恒心』おおぐしあきら・１９３７－

満州から引き揚げた大串は故郷佐賀で育った。少年時代、肺結核で療養生活を送ったこともある。この句の「淋しげな子」はそんな大串少年だろうか。夏の夕暮れ、河口の水面をさかんに飛んでいる、あれが鯔である。

海の家閉ざされ波の寄するのみ　大串章

『恒心』おおぐしあきら・1937－

夏の過ぎ去った砂浜ほど淋《さび》しいものはない。あれほどの海水浴客も夢のように消えて海の家の解体がはじまる。はや秋風が吹き、台風の大波の打ち寄せる音だけが虚《むな》しく響く。偉大だった夏の終焉《しゅうえん》を悼むかのように。

満州も故郷も遠し盆の月　大串章

『恒心』おおぐしあきら・1937－

命からがら一家で引き揚げてきた満州、少年の日々を送った故郷の佐賀。どちらも歳月の川の流れの彼方《かなた》へ遠ざかってしまった。人生の出発点となった二つの土地を懐かしむ。旧暦七月十五日、初秋の満月が盆の月。

蔵氷一たび出《い》づれば売って市に満ち
玉璞堆積《ぎょくはくたいせき》し　寒くして峥嵘《そうこう》たり

陸　游

漢詩大系『陸游』りくゆう・1125－1210

氷室の氷が売り出されると町中に満ち、宝玉を重ねたようにひやりと寒いほど。「蒸暑、梁州《りょうしゅう》を思うて懐《おも》ひを述ぶ」の一節。陸游は南宋の詩人かつ政治家。蒸し暑い蜀州《しょくしゅう》に赴任中、涼しい梁州の南鄭《なんてい》を懐かしむ。

夏休み大恐竜の骨の下

赤間学

『白露《しらつゆ》』あかままなぶ・1948－

夏休みは非日常と出会う日々。コロナ禍でそれもままならないが、がっかりするには及ばない。恐竜展の会場、天井まで組み上げられた巨大な骨格にびっくりしているところ。子どもたちの目がいきいきと輝いている。

残暑なほ不眠の夢に白鯨　　水上孤城

『白韻抄』みずかみこじょう・1950－

夏は短夜。世界が寝静まったかと思う間もなく白々と明けはじめる。夜明けの空を眺めながら巨大な鯨の腹のようだと思うことがある。立秋をすぎても寝苦しい夜はつづく。ときおり夢に夏のなごりの白い鯨が現れる。

我が母の袖もち撫《な》でて我が故《から》に泣きし心を忘らえぬかも　　物部乎刀良

『万葉集』巻第二十　もののべのおとら・生没年未詳

『万葉集』の編集者大伴家持は難波で防人《さきもり》の担当をしたことがある。防人は唐の脅威に備えて西国へ送られた兵士たち。大半は東国の若者だった。巻第二十は家持が集めさせた彼らの歌を収める。多くは故郷に残した父母や妻を懐かしむ歌。

根府川
東海道の小駅
赤いカンナの咲いている駅

茨木のり子

『茨木のり子全詩集』いばらぎのりこ・1926－2006

軍国主義から民主主義の国へ。終戦の日を境に日本は一変した。茨木は十九歳、軍国主義教育で育った。詩「根府川の海」は軍国少女のころの自分を省みる。世相の変転に揺るがない「不敵なこころ」こそ大事。

トラックを夕かたまけて走る影陸上競技場にひとりの戦い

上林節江

『花と濡《ぬ》れつつ』かんばやしせつえ・1946－

夕暮れのトラックを黙々と走る一人の影。容易に想像がつくのは対戦種目と記録種目のちがい。前者は相手に勝たねばならないが、後者は自分の限界への挑戦。かくして暗くなるまで「ひとりの戦い」がつづく。

悪で手をつけたことは　悪で仕上げるほかないのだ。

ウィリアム・シェイクスピア

関口篤訳編『シェイクスピア詩集』William Shakespeare・１５６４－１６１６

『マクベス』は血まみれの劇。妻にそそのかされてスコットランド王を殺した将軍マクベス。次に友人の将軍バンクォーを狙うが、今度はマクベスが妻を鼓舞する。すべてお前が言い出したこと。

砂に咲く花みな小さき晩夏かな

櫨木優子

『忘れ水』はぜきゆうこ・１９４５－

湘南海岸の江の島から西へつづく遊歩道。ここを歩くと、この句の光景がある。ユウゲショウ、コヒルガオ、コマツヨイグサ。図鑑で調べればわかる花も、わからない花も。吹きつける砂に埋もれてゆく花もある。

夏霧にぬれてつめたし白い花　乙二

『近世俳句俳文集』おつに・1756－1823

乙二は江戸後期、宮城県白石の千手院住職。各地を旅し、北海道には二、三回、七、八年間滞在した。この句は山形県新庄から秋田県湯沢へ抜ける雄勝峠での句。冷ややかに濡《ぬ》れた白い花に北国の夏が結晶する。

山の腰にはく夕だちや雲の帯　貞徳

『犬《えの》子《こ》集《しゅう》』ていとく・1571－1653

室町時代、俳句は洒落《しゃれ》からはじまった。ただ今のお笑いと違うのは古典を題材にしたこと。貞徳はその流れを汲《く》む江戸初期の俳人。夕立の「たち」を「太刀」に替え、山が腰の雲の帯に太刀を差していると洒落のめす。

白桃やくるりくるりと水の中　斉藤真知子

『香水瓶』さいとうまちこ・1953－

果物はみな美貌《びぼう》を誇る。なかでも桃は一、二を争うのではないか。今、溢《あふ》れる水で桃を洗っているところ。皮の産毛に銀色の空気の玉をつけて回転している。「くるくる」ではなく「くるりくるり」とは大きな桃である。

Mit dir zusammen
geschöpft—so wurde es trübe,
das reine Quellwasser　Buson

『Haiku der Liebe』（愛の俳句集）ぶそん・1716－83

今や俳句は世界各地で読まれ、作られる。その名も日本語のまま「haiku」。これは蕪村のある句のドイツ語訳である。「二人してむすべば濁る清水哉《かな》」。ドイツの出版社レクラムから今年刊行された『Haiku der Liebe』（愛の俳句集）から。

この青き星に生まれて生つなぐわれらつかのまの地球人なり

鈴木良明

『光陰』すずきよしあき・1950－

地球は四十六億年前に誕生した。戦争、公害、自然破壊。二十万年前に登場した人類こそ、この青く美しい星をメチャクチャにしてしまったのではないか。「つかのま」の所業を自覚すれば人類は少しはましになるか。

朝の電車でときどき一緒になるひとと帰りの駅でまたすれ違う

牧野芝草

『勾配』まきのしそう

言葉は交わさないが、よく見かける人。一歩踏み出せば会釈をするくらいの仲にはなるのだが……。たいていは他人のまま、いつか忘れてしまう人。人は人間関係の網の上で生きているが、永遠に結ばれない糸もある。

秋風や野に一塊の妙義山　飯田蛇笏

『飯田蛇笏全句集』いいだだこつ・１８８５－１９６２

妙義山は鬼の角のような岩山。長野へ向かう新幹線に乗ると左手に現れ、かなたへ遠ざかる。いつだったか麓の妙義神社にお参りすると、緑の峰々が真上からのしかかってきた。句は秋風の立ちはじめた妙義山。

かなかなの持つ夕世界・暁世界・透明界　人の入りがたくして　斎藤史

『渉《わた》りかゆかむ』さいとうふみ・１９０９－２００２

蜩《ひぐらし》は初秋の蟬《せみ》。夜明けや夕暮れの薄明の時間、はかなげに鳴きしきる。小さな昆虫の奏でる透明な世界、諸悪にまみれた人間には耐えがたいというのだ。斎藤史は昭和平成の歌人、後半生は信州ですごした。

空色ノ紙ニヱガキテ見ユルカナ　霧ニマギル、松ノケシキハ　明　恵

『明恵上人歌集』みょうえ・1173－1232

「空色ノ紙」とは。霧の流れる月夜の空を紙にたとえた。薄墨のかなたにかすかに浮かぶ空のブルー。みずみずしい幽玄の世界。明恵は鎌倉時代の名僧。京の西、栂尾《とがのお》の高山寺を再興したので栂尾上人とも呼ばれる。

流星や十九歳の狙撃兵　岸本葉子

『つちふる』きしもとようこ・1961－

狙撃兵は遠方の標的を一発で仕留める。その標的は人間。戦争や内乱が生み出した人間兵器だが、兵器になるためには自分の中の人間も殺さねばならない。二重の殺人によって狙撃兵は誕生する。エッセイストの句集『つちふる』から。

せんべいをあたまへ上げてめつけさせ

『誹風《はいふう》柳《やなぎ》多留《だる》』

江戸時代の川柳は子どもの情景をいきいきと描く。子どもこそ世界の中心といわんばかり。現代人が抱く江戸時代のイメージと大いに異なるところではないか。長い内乱を経てたどりついた太平の時代、その象徴が子どもと吉原だった。

飯舘をいたはる夜の鰯雲《いわしぐも》

大河原真青

『無音の火』おおかわらまさお・1950－

東京電力福島原発事故は地元に深刻な被害をもたらした。四十キロ北へ離れた飯舘村も住民が避難した。句が描くのは秋の夜空を流れる鰯雲。「いたはる」は同郷の眼差《まなざ》しから生まれた言葉だろう。作者は郡山市の人。

◎九月

つり革は持ち手の無くて揺れてをりコロナ禍やまぬ令和三年　高野公彦

『水の自画像』たかのきみひこ・1941―

触れようとする人もなく、揺れつづける電車の吊革《つりかわ》。人から人へ感染するコロナウイルスの蔓延《まんえん》によって、人類の生活はどう変わるのか。七月に刊行された歌集『水の自画像』にはコロナ下での一人暮らしが描かれる。十首をみてゆこう。

そら豆の、ゑんどう豆の、枝豆のみどりうつくしコロナ禍の夏　高野公彦

『水の自画像』たかのきみひこ・1941―

夏から秋へ、少しずつ色合いの異なる緑の豆が次々に登場する。そのどれもがみずみずしい。コロナの蔓延《まんえん》によってコロナに侵されない野菜たちの、相も変わらぬ溌《はっ》剌《らつ》たる姿が目にしみる。トマトもキュウリも。

日常の些事《さじ》は一生《ひとよ》を豊かにす茄子煮《なすに》が上手《うま》く出来たことなど

高野公彦

『水の自画像』たかのきみひこ・1941—

妻に先立たれた夫は大変である。それまで妻が担当していた家事一切をやることになる。しかしそこに新しい喜びを見出《みいだ》す人もいる。この歌のように。たしかに「日常の些事」こそが人生の細部を作り上げる。

ゆるやかな曲線で成る人体の、あはれ女体を思ふあけぼの

高野公彦

『水の自画像』たかのきみひこ・1941—

老人は性から解放された存在？　世間はそう思いたがっているようだ。老人の恋愛や結婚はすぐ噂《うわさ》の種になる。しかし年をとったからといって性と無縁になるのではない。ほのぼのとした色欲の歌も生まれる。

一膳の丈夫で質素なる箸を日々に使ひてこの世生き継ぐ　高野公彦

『水の自画像』たかのきみひこ・1941－

自分の力で生きていると思っている人は多い。大勢の人のおかげで生きていると考える人も少なくない。しかし毎日使う箸によって生きていると気づく人は少ない。スプーンがあれば十分という人は自信過剰か。

老いびとの一日の軽さ譬《たと》へれば金魚すくひの円《まる》き白紙《しらかみ》　高野公彦

『水の自画像』たかのきみひこ・1941－

金魚すくいの紙を張った小さな団扇《うちわ》のようなもの。あれは「ポイ」と呼ばれるらしい。重さ何グラム？　風が吹けば飛ばされ、水に濡《ぬ》れれば破れる。最中《もなか》の皮のものもあったが、どちらにしてもかぎりなく儚《はかな》い。

一日に三食、十笑、三千歩。十笑あらず一人暮らしは

高野公彦

『水の自画像』たかのきみひこ・１９４１—

一人暮らしでも一日三食は欠かせない。三千歩も可能。ただ十笑、これは難しい。一笑もしない日もあるだろう。ともに生きる人あってこその笑いなのだ。お笑い番組をみて無理に笑うのはじつは淋《さみ》しいこと。

山頂の大き窪《くぼ》みのさびしけれ登山客なき富士山の夏

高野公彦

『水の自画像』たかのきみひこ・１９４１—

去年二〇二〇年の夏、富士山の登山道は閉鎖された。毎年夏には山頂までつづいた登山客の蟻《あり》の行列は消え、巨大な火口が炎天に深閑と浮かび上がった。コロナ禍最初の夏を悼むかのように沈黙する富士山の姿。

友ならず知り合ひならず〈顔無き人〉その数しるす感染者グラフ

高野公彦

『水の自画像』たかのきみひこ・1941－

コロナ感染者数に一喜一憂する毎日。数字一つ一つの向こうには一人一人の人生があるだろうに、数字だけではそこまではたどれない。数字には顔がない。世界中のマスクをした人々もじつは数字に似ている。

人生の果ての空無《くうむ》のその先に幸ひありとささやけり死は

高野公彦

『水の自画像』たかのきみひこ・1941－

山のあなたの空遠く／「幸《さいわい》」住むと人のいふ……。上田敏がカール・ブッセの詩を訳したのは明治末期（『海潮音』）。百年過ぎて、この歌は「幸ひ」は人生の果ての空無の先にあると詠《うた》う。時代は老いたようだ。

吾《わが》猫も虎にやならん秋の風　　夏目漱石

『漱石全集』なつめそうせき・1867-1916

漱石の猫といえば『吾輩は猫である』の猫である。この句には「画賛」とある。あの日本一有名な猫のモデルとなった夏目家の猫を漱石が絵に描き、この句を添えたのだろうか。猫なのに虎になったと笑っているのだ。

見てもまたあふよまれなる夢の中《うち》にやがてまぎるるわが身ともがな　　光源氏

『源氏物語』若紫　ひかるげんじ

十八歳の光源氏が義母の藤壺と密会し、別れぎわに贈った歌。またお逢《あ》いすることも難しいでしょうから、夢のようなこの一夜とともに消えてしまいたい。紫式部の作。この密会が人々の運命を軋《きし》ませることになる。

ゆあーん　ゆよーん　ゆやゆよん　　中原中也

『中原中也全詩集』なかはらちゅうや・1907―37

頭の中で大きな振り子が揺れる。それがしだいにサーカス小屋の空中ブランコに変じてゆく。詩「サーカス」で三度も繰り返される一節。外は北風。若い詩人は時代と自分の運命をぼんやり眺めているようだ。

日光写真の月光仮面現れぬ　　西池冬扇

『彼此《かれこれ》』にしいけとうせん・1944―

月光仮面のおじさんだ！　オートバイに乗って颯爽《さっそう》と登場する正義の味方。昭和三十年代のテレビドラマ。「おじさん」がヒーローだった時代、正義がまだ信じられていた時代。日光写真は日光で感光して図柄が浮かぶ。

名にめでて折れるばかりぞ女郎花《おみなえし》我おちにきと人にかたるな　僧正遍照

『古今和歌集』そうじょうへんじょう・816－890

「おみなえし」という優しい名に魅《ひ》かれて折ってみただけのこと。女人と恋に落ちたなどと言いふらしなさんな。女郎花に語りかけているのだが、女人の面影を漂わせる。高僧といえども恋の歌を詠む度量があった。

ほのかにも風は吹かなん花薄《はなすすき》むすぼほれつつ露に濡《ぬ》るとも　女御徽子女王

『新古今和歌集』にょうごきしじょおう・929－985

風よ吹いて伝えておくれ、花薄のように私の心は乱れて涙に泣きぬれているけれど。醍醐天皇の孫娘にして村上天皇の女御。後宮で皇后、中宮に次ぐ位の女性。喪にこもっていたとき、村上天皇に贈った歌という。

芋も子をうめば三五の月夜哉《かな》

西　武

『犬《えの》子《こ》集《しゅう》』さいむ・1610―?

中秋の名月のころになると里芋には子芋ができ、いわば里芋の産後（サンゴ）。三五、十五！　それで十五夜というんだね。江戸時代初めの京の俳人。このとおり俳句の起こりは古典の教養を土俵に言葉で遊ぶものだった。

隠《こも》りのみ恋ふれば苦し山の端ゆ出《い》で来る月の顕《あらわ》さばいかに

作者未詳

『万葉集』巻第十六

男と通じた女が苦しい胸の内を男に訴えた歌。誰にも知らせず恋をするのはもう限界。山から昇る月が何もかも照らしたらどうしましょう。親に伝えてしまいたい。男は何と答えたか、その歌は残っていない。

私は背の低い禿頭《とくとう》の老人です

谷川俊太郎

『自選　谷川俊太郎詩集』たにかわしゅんたろう・1931－

こうはじまる詩「自己紹介」。次々に自分を説明してゆくのだが、「言葉にしてしまうとどこか嘘《うそ》くさい」。誰でも自己紹介はやはり「嘘くさい」のではないか。「自己」は言葉と言葉の間にひっそり眠っている。

あめつちに
わが悲しみと月光と
あまねき秋の夜となりけり

石川啄木

『新編　啄木歌集』いしかわたくぼく・1886－1912

月光があたりにみちみちている。月の明るい夜更け、ひとり瞑想《めいそう》に耽《ふけ》っているのだろう。それが自分の心を占める得体のしれない悲しみにも思える。天地にあふれんばかりの悲しみ。そこがこの歌の大きいところ。

では、おれがその鏡になろう。君自身の知らぬ己の姿をありのままに映して
お目にかけよう。

ウィリアム・シェイクスピア

関口篤訳編『シェイクスピア詩集』William Shakespeare・1564―1616

戯曲『ジュリアス・シーザー』の一節。シーザー暗殺を企《たくら》むキャシアスがブルータスにこうささやく。君はまだ自分の本心に気づいていないだけなのだ。悪事に人を巻き込むときの、いつもの手口。

その辺にそれぞれ花を草の花

脇村禎徳

『無辺』わきむらていとく・1935―

花といえば薔薇《ばら》や百合《ゆり》のような華麗な花を思い出す。しかしさまざまな雑草も秋には花をつける。寒い冬を前に最後の力を振り絞っているのだ。どの花も可憐《かれん》。いたるところに咲いているが誰でも気づくわけではない。

団栗《どんぐり》の二つで子の手いっぱいに　抜井諒一

『金色』ぬくいりょういち・1982－

どんな悪人も無邪気な子どもをみれば、かわいいと思うだろう。ついで自分はこれでいいのかと反省する。子どもは鏡なのだ。この句、団栗二個をやっと握れる小さな手。さて自分の大きな手をみて何を思うのだろうか。

女房は客へ添乳《そえぢ》のもふしわけ

『誹風柳《はいふうやなぎ》多留《だる》』

赤ん坊に添い寝して乳を含ませる。これが添え乳である。この川柳、きっと気心の知れた客なのだろう。縁側で亭主と話しこんでいるその奥では女房が添え乳している。裕福ではないが幸福の構図。裕福でないからこそとみるべきだろうか。

新豊《しんぽう》の美酒は斗に十千
咸陽《かんよう》の遊侠《ゆうきょう》は少年多し

王　維

漢詩大系『王維』おうい・７０１頃－７６１

喧嘩《けんか》っ早くてもてる。歌舞伎の助六ばりの若者は今も昔も都市の花。唐の詩人たちも「少年行」という詩を作って讃《たた》えた。王維の「少年行」の一節。新豊は長安（咸陽）の歓楽街。「斗に十千」はべらぼうに高い酒。

怒るわれを怒らぬ息子がみてをりぬ未来からしんと振り返るやうに

川野里子

『天窓紀行』かわのさとこ・１９５９－

親や先生や上司の望む答えを自分から出そうとする。その結果、怒る動機がない。二十世紀後半の「怒れる若者たち」への苦い反省が、今の「怒らぬ若者たち」を生み出した。社会の中で、もちろん家庭の中でも。

きら〳〵と音に日のさす鳴子哉《かな》　鳳朗

『鳳朗発句集』ほうろう・1762−1845

雀《すずめ》は稲の大敵だった。群れとなって実った稲を食い荒らす。この稲雀を追い払う仕掛けの一つが鳴子。板に竹筒をつけて縄にぶら下げ、カラカラと鳴らしては稲雀をおどす。その鳴子が日差しにきらめいているところ。

大気より集めて怒濤《どとう》那智の瀧《たき》　中西洋

句文集『ふるさと熊野に生かされて』なかにしひろし・1941−

大きな滝を仰ぐと、空の一点で水が爆発して落ちてくる。あの感じがこの句の「怒濤」である。那智の滝とはかぎらないが、那智の滝はもっともその感じがするだろうか。和歌山県新宮市の人。

韻律の清《すが》しくあれと自らを河になぞらへ詠みたまひけり

乾醇子

『夕陽《ゆうひ》のわつか』いぬいあつこ・1945－

「夜となりて雨降る山かくらやみに脚を伸ばせり川となるまで」前登志夫。青年時代、都会へ出て時代と切り結ぶ現代詩を作ったが、後半は故郷の吉野にたてこもって歌を詠みつづけた。その人に学んだ人の歌集『夕陽のわつか』から。

◎十月

思ひやれ真木のとぼそをおしあけて独《ひとり》眺むる秋の夕暮《ゆうぐれ》　後鳥羽院

『遠島御百首《おんひゃくしゅ》』ごとばいん・１１８０―１２３９

後鳥羽院は鎌倉初期の天皇。幕府から政権を奪い返そうとして敗れ、隠岐へ流された（承久の変）。ここの秋の夕暮れはあなた方が想像できないほど寂しいと都の人々に訴える。「真木のとぼそ」は杉などの扉。『遠島御百首』の十首をたどる。

泣きまさる我が泪《なみだ》にや色変《かわ》る物思ふ宿の庭のむら萩《はぎ》　後鳥羽院

『遠島御百首』ごとばいん・１１８０―１２３９

秋も終わりに近づくと萩の葉は黄色に染まる。日ごと夜ごとに募る私の涙に濡《ぬ》れて色が変わったにちがいない。主《あるじ》（私）が望郷の憂いに沈む家の庭の萩は。その昔、草木や風景は人の嘆きや喜びを素直に写し出した。

故郷《ふるさと》の一むら薄《すすき》いかばかりしげき野原と虫の鳴《なく》らん

後鳥羽院

『遠島御百首』ごとばいん・1180－1239

京の御所の庭に一群の薄を植えた。住む人もない今、野原のように生い茂り、虫たちも嘆かわしいと鳴いているだろう。「虫の鳴らん」とはいうものの、嘆いているのは日本海の孤島隠岐に幽閉された後鳥羽院自身。

頼みこし人の心は秋更《ふけ》て蓬《よもぎ》が杣《そま》にうづら鳴くなり

後鳥羽院

『遠島御百首』ごとばいん・1180－1239

隠岐の後鳥羽院は京へ帰ることを夢見た。頼りにしていた人々もすっかり飽きてしまったか、この御所は山の中のように蓬が茂り、鶉《うずら》がもの淋《さみ》しい声で鳴いている。幕府執権北条義時は後鳥羽院をついに許さなかった。

いにしへの契《ちぎり》もむなし住吉や我が片削《かたそぎ》の神と頼めど

『遠島御百首』ごとばいん・1180－1239　後鳥羽院

住吉の神は「我が片削の神」、我が方の神と頼んでいたのに。その約束は果たされぬまま歳月ばかり過ぎてゆく。神社の棟の両端に交差させる千木《ちぎ》。片削とは千木の角を削《そ》ぐこと。契に千木、片削に方（味方）をかける。

とはるゝも嬉《うれ》しくもなし此《この》海を渡らぬ人のなげの情は

『遠島御百首』ごとばいん・1180－1239　後鳥羽院

安否を問う手紙をくれたって嬉しくなんかない。海を渡って会いに来ようとはしないあなたの、ありもしない情愛なんて。手紙より会いに来いというのだ。悲憤むなしく、時代は上皇をとりのこして流れていった。

とにかくにつらきは隠岐の島つ鳥うきをばなれが名にや答えん

後鳥羽院

『遠島御百首』ごとばいん・１１８０－１２３９

あれこれと辛《つら》そうなのは隠岐の島の鳥。だからお前は「憂き」の「う」という名なのだろう。それにしても翼を垂らして天を仰ぐ黒い鳥よ。墨染めの衣の私はなんとお前に似ていることか。私も「う」と名乗ろうか。

人ごゝろ憂しともいはじ昔より車をくだく道にたとへき

後鳥羽院

『遠島御百首』ごとばいん・１１８０－１２３９

人の心が恨めしいなどと今さら言うまい。昔から車を壊す難路にたとえているのだから。陰謀、裏切り、変節。承久の乱では測り難い人の心に苦い思いをしただろう。この言葉は後鳥羽院自身にただちに返ってくる。

思ふらんさても心や慰むと都鳥だにあらば問はまし

後鳥羽院

『遠島御百首』ごとばいん・1180－1239

都のあの人は私を案じているだろう。都鳥がいれば心が晴れたかと尋ねるのに、その都鳥も隠岐には通ってこない。都鳥（ユリカモメ）は都の消息を知っていると考えられた。後鳥羽院の妃《きさき》たちは都に残されていた。

冬ごもる寂しさ思ふ朝な〳〵爪木《つまぎ》の道を埋《うず》む白雪

後鳥羽院

『遠島御百首』ごとばいん・1180－1239

和歌は花鳥風月を友とすると思われているが、当人の心のうち、世の変転をつぶさに映し出す。少なくとも後鳥羽院はそうである。帰京かなわず十八回もの冬を隠岐で迎え、数え六十歳で逝去。「爪木の道」は薪を運ぶ道。

タイムマシン着くどこまでも夏の海　堀田季何

『人類の午後』ほったきか・1975－

タイムマシンで到着したところには眩《まぶ》しい夏の海が広がっていた。はるか過去のようでも、はるか未来のようでもある。ただそこには人類の姿がない。この夢の機械に比べると宇宙船はオモチャのようなもの。

いにしへもかくやは人のまどひけんわがまだ知らぬしののめの道　光源氏

『源氏物語』夕顔　ひかるげんじ

光源氏は明け方、夕顔を牛車に乗せて、とある荒れた屋敷に伴う。昔の人もこんなふうに恋の道に迷ったのか。夜明けの道をさまようなんて。思い切った自分の行いに戸惑っているのだ。このとき光源氏は十七歳。

長き夜を灯《とも》して穴を掘る仕事　茅根知子

『赤い金魚』ちのねともこ・1957ー

電気、ガス、水道、それに地下鉄、地下道。かつては地上にさらされていたものを、現代の都市は地下に埋めようとする。まさに都市の内臓である。徹夜で穴を掘りつづける人は都市の内科医に当たるだろうか。

ああ　私には見える、わが家が崩れてゆくのが。虎がおとなしい牝鹿《めじか》を爪にかけたのだ。

ウィリアム・シェイクスピア

関口篤訳編『シェイクスピア詩集』William Shakespeare・1564ー1616

薔薇《ばら》戦争さなかのイングランド。エドワード四世没後のクーデター劇『リチャード三世』。リチャードの謀略で弟らを投獄された王妃エリザベスのせりふ。やがて二人の幼い王子も殺される悲劇の人。

傘寿の医師白寿の患者菊日和　　齊藤恵子

『花篝《はなかがり》』さいとうけいこ・１９４０－

略歴に昭和十五年（一九四〇年）生まれとあるから去年八十歳。その医師が九十九歳の患者を診察している。菊の香漂うめでたい構図ではないだろうか。超高齢化社会を象徴するかのような一句である。盛岡市在住。

ああサツマイモもう
フラ・アンジェリコの色調をおびて
ほり出され洗われている

西脇順三郎

詩集『人類』にしわきじゅんざぶろう・１８９４－１９８２

西脇の詩は散歩のリズム。街を抜け、土手をたどり、野道をさまよう。最晩年の詩「秋」の一節。サツマイモの色がルネッサンスの画家フラ・アンジェリコの絵の色に似ているというのだ。「受胎告知」の天使の衣の色か。

秋風に跳びついてゐる浜の犬　菅美緒

『片瀬』すがみを・1935－

江の島（神奈川県藤沢市）を望む片瀬浜。砂浜を歩くと犬連れの人を見かける。この犬、うれしくて走り回っているのだろう。ボールを追いかけているのかもしれない。見えない秋風を追いかけているようにも見える。

ゆめどの　は　しづか　なる　かな　ものもひ　に　こもりて　いま　も
まします　が　ごと　会津八一

『自《じ》註《ちゅう》鹿鳴集《ろくめいしゅう》』あいづやいち・1881－1956

法隆寺夢殿は八角形の美しいお堂。八一は今なお聖徳太子がこもって瞑想《めいそう》をつづけているかのようという。太子没後、百年以上経《た》って造られているが、時間の垣根など楽々と飛び越えてしまうのが詩である。

捨てぬ荷と捨てられぬ荷よ鳥渡る

浦戸和こ

『起き臥《ふ》し』うらとわこ・1937－

人生の荷物を捨てる。といっても自分の意志で捨てない荷物もあれば、事情があって捨てようにも捨てられない荷物もある。それが溜《た》まってゆけば、いつか結構な量になる。やれやれという嘆きの声が聞こえる。

太白　我と語り
我が為に天関を開く。

李　白

漢詩大系『李白』りはく・701－762

太白山は中国中央、長安から遠からぬ名山。李白が山頂に着いたのは夕暮れ。太白星（金星）が語りかけるように瞬きはじめ、天の門を私の目の前に開いてくれた。李白の字《あざな》（別名）も太白。漢詩大系『李白』所収「太白峯に登る」から。

樹懶《なまけもの》ぶらりとひとりものの前

伊丹三樹彦

『伊丹三樹彦の百句』いたみみきひこ・1920－2019

ナマケモノは姿もしぐさもともに愛すべき動物。漢字ではこう書くらしい。「懶」は「ものぐさ」、樹懶とはいわば樹上のものぐさ太郎である。大阪の天王寺動物園での句。昭和十三年（一九三八年）、十八歳の作という。

女房へ乳だ〱と追《おっ》つける

『誹風《はいふう》柳《やなぎ》多留《だる》』

かわいいにはかわいいが、手の焼けるのが赤ん坊。この江戸川柳が描くのは、どうやら持て余し気味の若い父親。泣き出した赤ん坊を「おう、お乳欲しがってるよ」と母親に押し付ける。哺乳瓶があれば「あなた、できるわよね」となる。

妻がゐて夜長を言へりさう思ふ　　森澄雄

『季題別　森澄雄全句集』もりすみお・1919－2010

気づくか気づかないままかで世界は変わる。たとえば自分は恋をしているのだと気づいたときから、恋がはじまるのだ。ここの老夫婦。「夜が長くなりましたね」という妻の一言で秋の夜長の世界が広がる。

角力《すもう》老《おい》てやどもつ京の月夜かな　　大江丸

『近世俳句俳文集』おおえまる・1722－1805

相撲とりも年をとる。かつては勇名を馳《は》せた力士かどうか、とうの昔に引退し、今は京の片隅で女房とひっそり暮らしている。大江丸は江戸半ば、大坂の飛脚問屋主人。大の相撲ファンで力士とも付き合いがあった。

大いなる力は吾《われ》を組み伏すや再び立ちて二度と倒れず

永田吉文

『実朝の風』ながたよしふみ・１９５４－

佐渡の最高峰、金北山にある白雲台展望台。佐渡島のくびれの部分が眼下に見わたせる。絶景に見とれるあまり転んだときの歌らしい。「大いなる力は吾を組み伏すや」とは自分の運命との格闘のようでもある。

靴の山そらおそろしき量のありふたたび土を踏まざりしもの

柿本希久

『死と不死』かきもときく・１９４８－

ドイツのナチス時代、ホロコースト（ユダヤ人大虐殺）の施設の一つアウシュビッツ収容所。そこに残るユダヤ人から剝ぎ取った靴の数々。男の靴、女の靴、こどもの靴もある。一つ一つが一人一人の人生の記憶。

岸に寄るうねりのなかのあるものは白き波頭となりくだけゆく　長谷川富市

『雪原』はせがわとみいち・1944－

たゆみなき海のうねりが怒濤《どとう》となって砕け散るまでを言葉で追う。八百年前の源実朝の歌「おほ海の磯もとゞろによする波われてくだけてさけて散るかも」が太平洋なら、これはたおやかな日本海の怒濤か。新潟の人。

別るゝや柿喰《く》ひながら坂の上　惟然

俳諧選集『続猿蓑《さるみの》』いぜん・?－1711

元禄七年（一六九四年）秋、惟然坊が芭蕉を見送ったときの句。「柿喰ひながら」、しいていえば柿の一字によって、その日の日和も師弟の空気も三百年後の今日まで伝わる。その冬、芭蕉が帰らぬ人となるとは二人とも知らずに。

背の高き人より冬の来りけり

金田志津枝

『花の雲』かねだしづえ・１９３３－

冬は空からやってくる。秋半ばなのに富士山が雪化粧したり、キリンが空の風に耳を澄ましたり。春、夏、秋と違って冬だけは遠い空の奥から来るのではないか。群衆から飛び出た人の頭にもいち早く冬がやって来る。

霰《あられ》打つ安良礼《あられ》松原住吉《すみのえ》の弟日《おとひ》娘《おとめ》と見れど飽かぬかも

長皇子

『万葉集』巻第一　ながのみこ・？－７１５

昔、住吉大社（大阪市）あたりはにぎやかな港だった。船乗り相手の遊女もいた。弟日は遊女の名前だろうか。明け方、霰の降る霰（安良礼）松原を二人寄り添って眺めているのだろう。長皇子は天武天皇の皇子。

◎十一月

来る花も来る花も菊のみぞれつゝ　　久保田万太郎

恩田侑布子《ゆうこ》編『久保田万太郎俳句集』くぼたまんたろう・1889-1963

「昭和十年十一月十六日、妻死去」とある。睡眠薬自殺だったという。このとき夫四十六歳。この一文が句の背景と万太郎のその後の人生のすべてを物語っているだろう。恩田侑布子編『久保田万太郎俳句集』から冬の十句をたどる。

かはせみのひらめけるとき冬木かな　　久保田万太郎

恩田侑布子編『久保田万太郎俳句集』くぼたまんたろう・1889-1963

翡翠《かわせみ》は水辺の鳥。トルコブルーの羽をきらめかせ、稲妻のように飛翔《ひしょう》する。その翡翠がよぎるとき、冬木はもっとも冬木らしい。忘れていた冬木の姿を取り戻すのだ。ささやかな衝撃がもたらす世界の覚醒。

国をあげてたゝかふ冬に入りにけり　久保田万太郎

恩田侑布子編『久保田万太郎俳句集』くぼたまんたろう・１８８９－１９６３

昭和十九年（一九四四年）夏、アメリカ軍はサイパン、テニアン、グアム島を次々に攻略。日本全土の都市が空襲（空爆）にさらされることになった。その十一月の句。身に及んで人は炎の恐ろしさを知る。

空風の中から泣いて来し子かな　久保田万太郎

恩田侑布子編『久保田万太郎俳句集』くぼたまんたろう・１８８９－１９６３

夕暮れ、子どもは親のもとに帰る。昔から繰り返されてきたささやかなできごと。この子は空っ風の道を泣きながら帰ってきた。喧嘩《けんか》で泣かされたにしても帰ってきたのは立派。帰りつけない子もいる。

叩《たた》きつけられたる独楽《こま》のまはりけり　久保田万太郎

恩田侑布子編『久保田万太郎俳句集』くぼたまんたろう・1889－1963

子どもたちの独楽遊び。叩きつける、その力を回転力に換えて、じりじりと独楽が立ち上がり、回転をはじめる。一連の独楽の動きを間髪を入れず一気に描く。明治二十二年（一八八九年）、浅草の生まれ。

たか〴〵とあはれは三の酉《とり》の月　久保田万太郎

恩田侑布子編『久保田万太郎俳句集』くぼたまんたろう・1889－1963

十一月の酉の日に行われる酉の市。浅草の鷲《おおとり》神社では境内狭しと熊手売りが店開きし、大小の熊手を高々と掲げて売る。三の酉となると寒さはひとしお。この句の月も寒々と夜空に冴《さ》えわたっているのだろう。

一生に二度と来ぬ日の小春今日　　久保田万太郎

恩田侑布子編『久保田万太郎俳句集』くぼたまんたろう・１８８９－１９６３

双葉山は名横綱だった。礼儀正しい美丈夫でめっぽう強い。目の前の相手と違うものを見て相撲をとると恐れられた。終戦の昭和二十年（一九四五年）、十一月場所で引退。句には「双葉山、二十年の土俵生活を捨つ」とある。

いろは仮名四十七文字寒さかな　　久保田万太郎

恩田侑布子編『久保田万太郎俳句集』くぼたまんたろう・１８８９－１９６３

三大歌舞伎「仮名手本忠臣蔵」。吉良邸に討ち入った赤穂藩浪人四十七人を、いろは仮名四十七文字になぞらえる。ひらがなは漢字の構えも冠もなく寒風の吹きっさらし。万太郎の本業は小説と劇作だった。

煮大根を煮かへす孤独地獄なれ　　久保田万太郎

恩田侑布子編『久保田万太郎俳句集』くぼたまんたろう・１８８９－１９６３

孤独はいつの間にか人の心に住み着いて増殖する。たとえ大勢に囲まれていても慰まない。妻にも早々と先立たれ、晩年の万太郎は孤独だったのだろう。「湯豆腐やいのちのはてのうすあかり」の句もある。

雪の傘たゝむ音してまた一人　　久保田万太郎

恩田侑布子編『久保田万太郎俳句集』くぼたまんたろう・１８８９－１９６３

雪の日の東京の空気を漂わせる一句。集まりがあってか、ぽつぽつ客が訪れる。この静かさをたどれば江戸の町までゆけそうだ。昭和三十八年（一九六三年）、宴席で握りの赤貝を喉に詰まらせて死去。七十三歳。

庭に降る雪は千重敷く然《しか》のみに思ひて君を我《あ》が待たなくに

大伴家持

『万葉集』巻第十七　おおとものやかもち・７１８？－７８５

越中守家持の歌。補佐役（掾《じょう》）大伴池主が奈良の都への出張から無事帰ったのを喜ぶ。おりしも庭には千重に雪が積もっているが、これくらいの思いで君を待っていたのではないよ。まっすぐに気持ちを伝える。

どんぐりの落ちしばかりの光かな

永田満徳

『肥後の城』ながたみつのり・１９５４－

庭か山道か、ばらばらと散り敷いているドングリ。うつ伏せに、また仰《あお》向《む》けに、みな同じように静止して動かない。そのなかにたった今落ちた艶《つや》やかなドングリを見つけたのだ。誰も気づかないドングリのかすかな光。

子の部屋のドアー開ければモビールは右に左にゆったり回る

田中翠友

『ふるさとの駅《ホーム》に立てば』たなかすいゆう

二〇〇四年（平成十六年）に一人息子を亡くしたとあとがきにある。部屋がそのままにしてあるのだろう。誰もいないのにモビールが動く。触れたくない不在の悲しみを短歌は直視させる。そうしてこの歌がある。

茶の花や母なきあとの母の郷《さと》

田中清司

『草の花』たなかきよし・1938－

母親が四十代半ばで亡くなった。「母あらば母を背負はむ草の花」という熱い句もある。それを少し冷ませばこの句になるだろうか。母とのつきあい方は人によってそれぞれだが、どのつきあいも母の死後までつづく。

ひれ酒やきのふの夜にゐた二人　角川春樹

『オー・ソレ・ミオ』かどかわはるき・１９４２－

時間は河《かわ》のように流れているが、輪切りにすればこんな光景も見える。あの夜はそこにいた二人の友。彼らが亡くなったあとの追悼の句である。時間の河のほかを切れば、また別の光景が見えるだろう。

しみこんで体の奥の冬夕焼《ふゆゆうやけ》　石崎薫

『小日向《こひなた》』いしざきかおる・１９４３－

自分の奥に冬の夕焼けがある。春や夏や秋の夕焼けにはない、何やらじわりとしみてくるものがある。戦中一九四三年（昭和十八年）生まれ、今年七十八歳の人。それくらいの人生の時間を生きないと、こんな感じは抱かないだろう。

児《じ》の癡《ち》は君更に甚《はなはだ》し
楽しまずして愁ふるは何為《なんす》れぞ

蘇東坡

漢詩大系『蘇東坡』そとうば・1036－1101

赤ん坊が蘇東坡の衣の裾を引っ張る。しかろうとすると蘇東坡夫人が「もっとやんなさい」とけしかける。だってあなたはこの子に輪をかけておばかさん。何でいつもしかめっ面なの。詩「小児」の一節。

すねた子をかべからやっとひっぺがし

『誹風《はいふう》柳《やなぎ》多留《だる》』

十八世紀半ば、柄《から》井《い》川柳《せんりゅう》（一七一八〜九〇年）の登場で大ブームとなった川柳。その集大成が『誹風柳多留』である。この句、「ひきはなし」なら何のおもしろみもないが、「ひっぺがし」の一語で子の姿も強情ぶりもありありと描き出す。

窓の辺に子猫の鼾《いびき》小六月　廣野稲

『空』ひろのいね・１９３３－

谷崎潤一郎の名作『細雪《ささめゆき》』。三女の雪子が猫のような鼾をかいている場面があった。あした見合いなのに何と剛毅《ごうき》な。鼾はふつうグーグーだが、ここはクークーだろう。この句の子猫もまた。小六月は冬の小春日和。

人魚の歌聞こえて来たり若者が下ろすザン網のたゆたふ波間　玉城洋子

『儒艮《ザン》』たまきようこ・１９４４－

ザンは儒艮《じゅごん》。人魚の正体ともいわれる南海の哺乳類である。今は天然記念物であり捕獲禁止だが、沖縄では長い間、漁の対象だった。この歌は人魚が遊ぶ豊かな海と人間が共存していた昔の幻だろう。作者は糸満の人。

あなたはエジプトの王妃のように
たくましく
洞窟の奥に坐《すわ》っている

茨木のり子

『茨木のり子詩集』いばらぎのりこ・1926－2006

「あなた」とは誰か。見たこともないのに私は服従する。「いまなお〈私〉を生きることのないこの国の若者」ともある。自分への断罪の詩「魂」の書き出し。終戦後の作だが、ここからどれほど変わったか。

孤高なる鶴に人間群れにけり

森田純一郎

『旅懐』もりたじゅんいちろう・1953－

動物は欲望のまま生きるが、人間は自分の欲望を言葉で正当化（つまり言い訳）する。ここが人間の浅ましいところ。鶴にかぎらず動物は自分を正当化しない。一羽の鶴が高貴に見えるのは姿が美しいからだけでない。

長生きもほどほどがよきか初雪の僅《わず》かに積《つも》り日の出には消ゆ

菱田弘子

『杜鵑《ほととぎす》の啼《な》く山里』ひしだひろこ・１９２６―

夜明けに消える夜の雪。ある男が死神を袋に閉じ込めたせいで世界中の誰一人死ななくなる。永遠に生きつづけなければならない。ロシア民話にある話。たしかに「ほどほど」がいいのだが、それが難しい。

木枯や市に業《たずき》の琴をきく

白　雄

『しら雄句集』しらお・１７３８―９１

木枯らし吹きすさぶ街角で琴を奏でる人。女か、いや男だろうか、いずれにしても琴だから没落した人が生きてゆくために弾いているのだ。白雄は十八世紀、蕪村の同時代人。当時、持ち運べる小型の琴があった。

わたしの足下《あしもと》の上げ潮よ！　わたしは面とむかっておまえを見る！

ウォルト・ホイットマン

木島始訳編『ホイットマン詩集』Walt Whitman・1819―92

マンハッタン島と対岸を結ぶブルックリン橋。昔はフェリーの渡船場があった。長詩「ブルックリン渡船場を渡りながら」は乗り降りの人々と当時のニューヨークを力強く描く。その書き出し。

嘆きつつわがよはかくて過ぐせとや胸のあくべき時ぞともなく

光源氏

『源氏物語』賢木《さかき》　ひかるげんじ

光は帝《みかど》の愛する朧月夜《おぼろづきよ》の君と密《ひそ》かに会いつづける。嘆きながら一生を送る定めなのか。夜は明けても胸の晴れるときはない。この恋が政敵右大臣と弘徽殿大后《こきでんのおおきさき》に知られ、光は須磨さらに明石へと退くことになる。

もう思うまい——心弱きもの、おまえの名は女！——

ウィリアム・シェイクスピア

関口篤訳編『シェイクスピア詩集』William Shakespeare・1564－1616

父王の死から間もないのに叔父の現王と結婚する王妃。結婚式場に黒い喪服で現れた王子ハムレットが母の王妃を嘆く失望の言葉である。この叔父が父王を毒殺したことをすぐ知ることになる。

一切が雪の中なる只管打座《しかんたざ》

長谷川庚吉

『言問《こととい》』はせがわこうきち・1930－

只管とはひたすら、打は強調。只管打座とは何もかも、つまり人間であることを忘れて座禅すること。悟りもまた迷いの一つ。だから悟ろうなどと思ってはいけない。堂の外も心の中も、しんしんと雪が降りしきるのみ。

かさなるや雪のある山只《ただ》の山

凡兆

俳諧選集『阿羅野《あらの》』ぼんちょう・？－1714

日本列島の山々が北から雪におおわれる季節になった。凡兆の句はそんな雪の山の姿を描く。金沢に生まれ、京に出て医を業とした。北陸の山にも見え、京の山とも見えるのはそのためだろう。芭蕉の門人。

◎十二月

いつそ牛を引いてゆきたし炎天の渋谷スクランブル交差点　小島ゆかり

『雪麻呂』こじまゆかり・1956－

この国ではどれほど多くの人が家族を介護しているのか。小島ゆかりもその一人である。最新歌集『雪麻呂』からは介護を任された人の心情が切々と響く。「いっそ」とはじまるこの歌はこらえにこらえた一種の爆発。十首を紹介する。

夕陽《ゆうひ》こんなにうつくしけれど半端ない介護の月日もう二十年　小島ゆかり

『雪麻呂』こじまゆかり・1956－

小島ゆかりは昭和三十一年（一九五六年）生まれ。人生の三分の一近い歳月、自分と夫の両親の介護をしてきた。「半端ない」はもう古びてしまった若者言葉。並大抵でないという意味。「半端ないっすよね」と使う。

その夫の忌日忘れし母よろしその死忘れし姑《はは》なほよろし　　小島ゆかり

『雪麻呂』こじまゆかり・１９５６－

人間は生きているうちは「世のしがらみ」に縛られている。ここに描かれるのは生きながら「しがらみ」を忘れてゆく老人たちの姿。常識では困ったこと、哀《かな》しいことだが、それは「しがらみ」から解き放たれること。

雪麻呂を待ちつつこよひあかあかとわれは椿の媼《おうな》となりぬ　　小島ゆかり

『雪麻呂』こじまゆかり・１９５６－

清少納言の『枕草子』に翁丸《おきなまろ》という犬が出てくる。この歌の雪麻呂とは雪を男の子に見立てているのだが、妖精のようでもある。対する女子は郎女《いらつめ》だが、すでに媼（老女）というのだ。雪と椿、少年と媼の恋の物語。

介護できる幸せなんて簡単に言ふ人ちよつと信用できません　小島ゆかり

『雪麻呂』こじまゆかり・１９５６－

世界は言葉の欺瞞《ぎまん》だらけ。「介護できる幸せ」とは自分にそう言い聞かせているのだろう。そうしないと辛《つら》くてやってられない。河野裕子の歌がある。〈美しく齢《とし》を取りたいと言ふ人をアホかと思ひ寝るまへも思ふ〉。

いま伏せた茶碗《ちゃわん》のやうにひと日暮れ途方もなし一人生きて死ぬこと　小島ゆかり

『雪麻呂』こじまゆかり・１９５６－

何と言おうが人間は一人生き、一人死んでゆく。家族や友人ににぎにぎしく取り巻かれていても一時の気休め。結局は孤立無援の二足歩行動物。一日の終わりにはまた一人に戻る。使い終われば伏せる茶碗のように。

心から父は壊れて体から母は壊れて　草の絮《わた》とぶ　　小島ゆかり

『雪麻呂』こじまゆかり・1956－

未曽有の長寿社会。かつては一瞬だった死を何年何十年に引き延ばしてつぶさに立ち会うことになる。まず精神が破綻するか肉体が先に故障するか。長寿時代、多くの人々がスローモーションの死を体験する。

おほき柿食べつつおもふ生涯につゆかかはらぬ哲学と株　　小島ゆかり

『雪麻呂』こじまゆかり・1956－

哲学は宇宙と人間の根源について考えること。現在の哲学者は過去の哲学を研究する哲学学者であって哲学者とはかぎらない。株も本来、事業の支援のはずが、今や多くは蓄財の手段。みごとな柿の味に及ばないかも。

捨てて捨てて生きんとおもふ夕焼けのそらに老母を捨てるときまで　　小島ゆかり

『雪麻呂』こじまゆかり・１９５６－

親を捨てる、子を捨てる。人を「捨てる」とはその人との精神的なつながりを自分からふっつりと断つこと。いわば「忘れる」ことだろう。つきあいがつづいていても、とうの昔に捨てている、忘れていることもある。

たんぽぽの野道はやさし疲れたなあじぶんに言へどじぶん応へず　　小島ゆかり

『雪麻呂』こじまゆかり・１９５６－

自分の中の二人の自分。四人の親の介護をしてきた自分と自分を代弁する自分。介護する自分が答えないのは「疲れた」では片づかないからか。それとも答える気力さえないのか。さて誰の中にも二人の自分がいる。

一頁《ページ》切り取られたる寒さかな　　成田一子

『トマトの花』なりたいちこ・1970－

日記であれ本であれページを切り取る。そこに何が書いてあったか。サスペンスドラマでよくみる趣向だが、人に読まれたくない、あるいは自分の記憶から抹消したいページだったのだろう。いわば欠落の寒さ。

襟巻《えりまき》に首引入《ひきいれ》て冬の月　　杉　風

俳諧選集『猿蓑《さるみの》』さんぷう・1647－1723

襟巻きに首をすくめて夜道を急ぐ、おそらく自分の姿だろう。しかし亀はともかく、人間はそう簡単に首を引っ込められないはず。じつは肩をすぼめているのだが、自分を亀のように描いた。杉風は芭蕉の門弟。

毎日のなんと平和に過ぎゆくかコロナを恐れ家に籠もれば　山口美加代

『銀河を渉《わた》る』やまぐちみかよ・1947－

何と平和でいいことかというのではない。それでいいのだろうかと自分に問いかけている歌。家の外に広がる世界は平和とはほど遠いといいたいのだ。コロナによって家に居ざるをえない人の自問の歌だろう。

脳深く電極挿す手凍《い》てにけり　大槻泰介

『或《あ》る脳外科医の四季』おおつきたいすけ

作者は長年、てんかんの治療に当たってきた脳外科医。この句は脳深く電極を入れて神経細胞を電気刺激しているところ。かつては神の領域ともいわれた脳手術。この句にも荘厳な緊張感が漂っている。

冬山や谺《こだま》もどらぬ夜の谿《たに》　伊藤晴子

『さくらさくら』いとうはるこ・1940－

帰ればこその谺である。ところがこの夜の谺はついに帰って来なかった。やがて思いは戦争や天災、あるいはごくふつうの死によって帰らぬ人となった人へ及んでゆく。それほど深い谿、深い夜の闇なのだ。

十二月ながい影曳《ひ》く地球人　酒井弘司

『地気』さかいこうじ・1938－

今年も残りわずか。道行く人々も気のせいか長い影を引いている。いつもながらの歳末風景を人類の黄昏《たそがれ》を予兆する一句にしている。自滅を逃れるにはどうするか。世界中の人々がこうした認識を共有しはじめている。

ウィリアム・シェイクスピア

おお、ロミオ、ロミオ！
どうしてあなたはロミオ？

関口篤訳編『シェイクスピア詩集』William Shakespeare・1564―1616

イタリア・ベローナのモンタギュー家とキャピュレット家。マフィア同士のように抗争する両家のロミオとジュリエット。お互いの不運を嘆き、やるせない恋心を告白するジュリエットの独白。

期待などしない　されない　僕はまだ調子はづれのピアノでゐたい

小佐野彈

『銀河一族』おさのだん・1983―

いつの時代も若者に必要なのは周囲の期待を振り切る力。自分は何の責任も負わず相手を縛る、期待ほどいいかげんなものはない。「調子はづれのピアノ」でいるほうがずっといい。一九八三年（昭和五十八年）生まれ、台北に住む。

出版は
人間のこころの競売
貧乏こそ　正しい態度だ

エミリー・ディキンスン

新倉俊一訳編『ディキンスン詩集』Emily Dickinson・1830－86

金満の時代にこんな話をすれば笑い者にされるだろう。ただこの孤立の思想こそが人間を一人の詩人にする。ディキンスンは生前一冊の詩集を出すこともなかった十九世紀アメリカの天才詩人。

根より葉の大き大根晴れわたる

遠山陽子

『遠山陽子俳句集成』とおやまようこ・1932－

農家も消費者も大根には根が太くなることを期待する。そんな人間の願いも知らぬげに葉を青々と茂らせる大根。もちろん根もみごとなのだろうが、このアッケラカンたる姿があっぱれ。冬晴れの空のように。

鈴鴨《すずがも》の虚空に消《きゆ》る日和哉《かな》

蒼虬

『蒼虬翁句集』そうきゅう・1761－1842

鈴鴨は小さな鴨。飛ぶときの羽音が鈴を思わせるのでこの名があるらしい。きょうは抜けるような冬の青空。どこかへ飛び去る鈴鴨の姿が、空の青にのみこまれてゆくように見える。蒼虬は江戸後期、金沢の人。

風花《かざはな》の田毎《たごと》の鶴を消しながら

榎本好宏

『花合歓《はなねむ》』えのもとよしひろ・1937－

信州姨捨《おばすて》の棚田に映る名月は「田毎の月」、それにあやかって芭蕉は「田毎の日」の句を詠んだ。月や太陽に匹敵する鳥といえば？　ここは北海道の丹頂鶴でなく山口、鹿児島の鍋鶴か。おりしも風花が舞いはじめた。

雪が降るとこのわたくしには、人生が、
かなしくもうつくしいものに――
憂愁にみちたものに、思へるのであつた。

中原中也

『中原中也全詩集』なかはらちゅうや・１９０７－３７

中也は昭和十二年（一九三七年）秋、結核性脳膜炎で死去。三十歳だった。結核の微熱は患者の心を高揚させ感傷的にした。中也とかぎらず日本の近代文学は結核文学、微熱文学の側面をもつ。『中原中也全詩集』所収「雪の賦《ふ》」の一節。

鴛鴦《おしどり》もまた妻賢さうなるは

本井英

『二十三世』もといえい・１９４５－

「おしどり夫婦」というとおり鴛鴦はいつも二羽いっしょに水面を滑っている。雄は派手な姿なのに雌は地味。その分、思慮深げに見えるのだろう。人間界でも善良な夫に慎重な妻という組み合わせは少なくない。

浦人のしほくむ袖にくらべみよ波路へだつる夜の衣を　　紫の上

『源氏物語』須磨　むらさきのうえ

朧月夜《おぼろづきょ》とのスキャンダルのほとぼりがさめるまで須磨に逃れた光源氏。そこへ都の紫の上から返事が届く。浦人（あなた）の袖より私の袖こそ毎夜涙で濡《ぬ》れています。光源氏は明石へさらに遠のくことになる。

新幹線地の底走る深雪《みゆき》村　　高橋玉舟

遺句集『初がすみ』たかはしぎょくしゅう・1933－2021

魚沼米の産地、新潟県魚沼地方は豪雪地帯。作者は昭和八年（一九三三年）ここで生まれ、今年二月に亡くなった。上越新幹線は新潟県に入るといくつかのトンネルをくぐる。雪国の人の雪国への思いの一句。

かる〳〵と上《あが》る目出度《めでた》し餅の杵《きね》　　高浜虚子

『定本　高浜虚子全集』たかはまきょし・1874−1959

餅つきは掛け合い漫才。つく人と捏《こ》ねどる人、二人の呼吸が合わないと、ただでさえ重たい杵がずしりとこたえる。この句、見るからに息の合った餅つき。二人の呼吸のリズムに乗って臼の中で柔らかな餅が生まれる。

飄飄《ひょうひょう》　何の似たる所ぞ
天地　一沙鷗《さおう》　　杜甫

漢詩大系『杜甫』とほ・712−770

安禄山・史思明の乱を避けて成都の草堂に逃れていた杜甫。最晩年、家族を連れて舟で長江をくだる。放浪する舟で詠んだ「旅夜　懐を書す」の結語。行く当てもなくさすらう私は天地の間をさまよう一羽のカモメ。

大三十日《おおみそか》爰《ここ》を仕切ッてこうせめて

『誹風《はいふう》柳《やなぎ》多留《だる》』

盆と暮れに半年の掛け買いを清算する。掛け取りと何とか免れたい人、大晦日《おおみそか》の攻防を川柳に仕立てた。「爰を仕切ッて……」は「仮名手本忠臣蔵」大星由良之助が高師直邸見取り図を手に入れたときのセリフ。掛け取りの算段に借用した。

今日ごとに今日や限りと惜しめどもまた今年にあひにけるかな

藤原俊成

『新古今和歌集』ふじわらのしゅんぜい・1114—1204

今年も大晦日《おおみそか》に巡り合えた。いままでも毎年、今年の大晦日こそ最後と思って過ごしてきたのに。俊成八十八歳の歌らしいが、老大家らしくさすがに自在な詠みぶり。源平争乱時代の歌人。九十歳までながらえた。

◎一月

九十七《ここのそぢなな》つの齢《よはひ》たまはりて今日寿《ことほぎ》の歌たてまつる　岡野弘彦

『岡野弘彦全歌集』おかのひろひこ・1924－

歌人岡野弘彦は今年九十八歳を迎える。この一首は昨秋、文化勲章を受章したときの歌。滔々《とうとう》と流れる歌の調べをまず味わいたい。昨年暮れに刊行されたばかりの『岡野弘彦全歌集』は八千首近くを収める。未刊歌篇から十首をみてゆく。

おしつつむ桜ふぶきに　たましひは　ほれぼれとして　身をはなれゆく

岡野弘彦

『岡野弘彦全歌集』おかのひろひこ・1924－

「おしつつむ」とは花吹雪に全身吹き包まれているのである。すると歌人の魂は体からさまよい出て、いずこともなく浮遊する。つまり、ぼーっとしている。歌人にかぎらず詩人とは「ぼーっとなれる人」のこと。

谷ふかく人歩み入る道みえてふるさとの山の春しづかなり

岡野弘彦

『岡野弘彦全歌集』おかのひろひこ・1924－

谷の奥へつづく道、その道をたどる人影。この歌を読みはじめると、どこか遠くから眺めている感じがする。心に眠る風景をのぞく「記憶の距離」だろう。歌人は山道をたどって記憶の奥へ歩み入ってゆくのだ。

掌《て》にあまるま白き乳房。あふれくる母《おも》の乳汁《ちしる》にむせて　かなしき

岡野弘彦

『岡野弘彦全歌集』おかのひろひこ・1924－

若き母を懐かしむ歌。だが乳飲み子のころを覚えている人は少ない。これも、もの心ついてからできた「創造された記憶」ではなかろうか。それにしてもこのなまましさ。記憶されていることこそ現実なのだ。

をとめひとり　盗みて遠くのがれゆく。砂に埋もるる　まぼろしの町

岡野弘彦

『岡野弘彦全歌集』おかのひろひこ・1924－

ある夜、ジャスミンの花の香りとともに西域の旅の記憶がよみがえる。今は廃墟の町。昔、少女を連れた若者がここを通って行った。その若者の名も少女の名も忘れられてしまった。流砂に埋もれる町のように。

のがれゆく倉梯山《くらはし》の巌《いは》が根に　足裏《あうら》傷《やぶ》れて　ゆきなづむ妻

岡野弘彦

『岡野弘彦全歌集』おかのひろひこ・1924－

女好きの仁徳天皇。あるとき女鳥女王《めとりのひめみこ》との仲人を隼別王《はやぶさわけのみこ》に頼んだ。女王は嫉妬深い皇后を恐れて王と逃げるが、二人とも倉梯山の先で追っ手に殺される。古代の血腥《ちなまぐさ》い物語をありありと蘇《よみがえ》らせる歌。

村いでて戦ひ死にし少年の　家族《うから》ほろびて　墓すらもなし　　岡野弘彦

『岡野弘彦全歌集』おかのひろひこ・１９２４－

昭和の真ん中に不気味に横たわる戦争。大正末に生まれた若き日の岡野を戦争は呑《の》み込んでしまう。戦後の岡野は戦争への嘆きとともに生きてきた。ここで歌われるのは戦場から帰らなかった少年とその家族。

幾人の人殺しきて、水のごとく静かなる顔の若きをかなしむ　　岡野弘彦

『岡野弘彦全歌集』おかのひろひこ・１９２４－

戦場では殺人が許される。いわば殺人に対する無感覚を強いられる。敵兵を殺してきた兵士だろう。無垢《むく》であるはずの若者の顔を間近にいつくしむかのように嘆く。岡野は昭和二十年（一九四五年）応召、国内で終戦を迎えた。

敗れしは彼の日にあらず。わがいのちの生き終《をは》るまで　敗れゆくなり

岡野弘彦

『岡野弘彦全歌集』おかのひろひこ・１９２４－

昭和二十年（一九四五年）八月十五日の敗戦。しかし日本はその日だけでなく、その後日々刻々と敗れつづけているというのだ。敗戦は国と国だけの問題ですまない。国と一体となって戦った国民一人一人の心と直結している。

宇宙《コスモス》の空のまほらを天がけり心すがしき言をつげくる

岡野弘彦

『岡野弘彦全歌集』おかのひろひこ・１９２４－

言葉はどのようにして生まれるのか。どう考えるかでその人の歌の姿はあらかた定まる。「まほら」とはいちばんいい場所。そこを隼《はやぶさ》のように飛んで歌人を訪れる清らかな言葉。ある年の歌会始の歌。題は「空」。

元日をかるくをり雲浮くごとく　森澄雄

『季題別　森澄雄全句集』もりすみお・1919-2010

体重ではなく心の問題。とはいっても年を重ねて体も軽くならなければ、この境地になれないのではないか。おそらく生身の老人もなかなかこうはいかない。いわば老人になれば見える理想の老境の世界。

降る雪を笑ひ口あけうけし日よ幸福空より降るとおもひき　河原由美子

『白湯《さゆ》』かわはらゆみこ

人生の初めと終わり。同じ人に人生への思いを二度質問すれば、回答はまるで別の人の人生のようだろう。この一首は人生の途上にあって若き日を振り返る歌。降りしきるのは雪ではなく時間とも知らなかった日よ。

虹よ　みんな楽譜の地球独楽《ごま》
蛇よ

豊里友行

『ういるす籠《ごも》り』とよざとともゆき・１９７６－

右から読むべきか。いや上から「虹よ／蛇よ／みんな楽譜の地球独楽」と読みたい誘惑に駆られる。まぶしい視覚の散乱。街角を曲がった瞬間、にぎやかな音楽隊に巻きこまれるように。沖縄の写真家、俳人。

鬱陶《うっとう》しい混乱が、いま　太陽の
薔薇《ばら》色《いろ》の出現の姿に　たちまち
散り散りに　消えて失《な》くなる。

ポール・ヴァレリー

鈴木信太郎訳『ヴァレリー詩集』Paul Valéry・１８７１－１９４５

太陽の最初の光によって、夜の渾沌《こんとん》の世界に秩序がもたらされる。人類が誕生以来、日々体験していること。そこに詩の言葉の出現を重ねる。二十世紀前半を代表するフランスの詩人。鈴木信太郎訳『ヴァレリー詩集』所収「曙《あけぼの》」から。

舎利弗《しゃりほつ》は若者なりき胸をひらき　関口比良男

『関口比良男全句集』せきぐちひらお・1909-1998

英知の人シャーリプトラ舎利弗。釈迦の後継とみなされながら早く没した。若者のような純真さをもちつづけた人だったのだろう。「胸をひらき」とその若々しさをたたえる。関口は一九九八年（平成十年）、八十九歳で死去。

壹文《いちもん》だこハかけて居る内ばかり

『誹風《はいふう》柳多留《やなぎだる》』

凧《たこ》は天上の大凧をとらえて悠々と空に浮かぶ。ただし力のバランスを考え、しっかりと作られた凧のこと。当然、値が張る。安手の凧を風に乗せるには、せわしなく走り回らなくてはならない。それはそれでまた楽しいという江戸の川柳。

繭玉の中から玉三郎

藤英樹

句文集『わざをぎ』ふじひでき・1959－

宙からしだれる紅白の繭玉は、はなやかな正月飾り。その繭玉の一つがぱりっと割れて中から現れたようだ、玉三郎のあでやかな姿は。一句に三つも玉を並べて花も実もある当代一の女形を描く。元芸能記者の句文集『わざをぎ』から。

汝《なんじ》果《はた》して詩を学ばんと欲せば
工夫は詩外に在り

陸　游

漢詩大系『陸游』りくゆう・1125－1210

南宋の大詩人陸游。末っ子に詩の学び方について語る「子《し》遹《いっ》に示す」の結び。李白や杜甫らを批評したあと、努力すべきは詩の技巧ではなく「詩外」詩以前であるという。「詩外」とは何か。詩を生み出す詩人の心。

鳥共も寝《ね》入《いっ》てゐるか余吾の海

路通

俳諧選集『猿蓑《さるみの》』ろつう・1649－1738

余呉湖は琵琶湖の北にある小さな湖。日本海側へ抜ける北国街道のほとりにある。路通は放浪の人。さわがしい水鳥たちも今は眠っているようだ。夜の闇の奥にひっそりと静まる湖へと想像力の翼を広げている。

小春日の地球一大浮遊体

岩岡中正

『文事』いわおかなかまさ・1948－

小春日は冬の初め十一月の暖かな日和。作者はいうまでもなく地球の上にいるのだが、自分のいる地球を瞑想《めいそう》のうちに思い描いているのだろう。小春日和の心地よさに酔ったかのような地球が宇宙空間で遊んでいる。

おっぱいのある雪だるま星月夜　　池田義弘

『鳥雲に』いけだよしひろ・1937－

達磨は中国に禅を伝えたインド僧。五、六世紀、実在の人である。嵩山《すうざん》の少林寺で壁に向かって九年間座禅をつづけた。達磨の起き上がり小法師《こぼし》も雪達磨もその姿を表したもの。この句、達磨さまも驚く誰かのいたずら。

雪女まづ唇を塞ぎたる　　細谷喨々

『父の夜食』ほそやりょうりょう・1948－

雪の夜、情を交わした果てに男を凍え死なせる雪女。きっと女性の魅力を恐れた（あるいは憧れた）人間の想像力が生み出した魔物である。ここに描かれるのは雪女が男を骨抜きにする手順。作者は小児科の医師。

土を捏《こ》ね愛する人の胸像を創《つく》るようなり愛することは　高山葉月

『胸像』たかやまはづき・1977－

その人の体を目でたどりながら新たに手と指で形にしてゆく。彫刻はエロティックな行為である。おそらく愛が彫刻に似ているのではなく、彫刻が愛に似ているのだろう。作者はアルゼンチンでタンゴダンスを学んだ人。

ぬす人も妹《いも》とぬる夜やなく乳鳥　成　美

『成美家集』せいび・1749－1816

成美は江戸時代後半、江戸の裕福な札差《ふださし》だった。芭蕉、蕪村の古典主義俳句の流れを汲《く》む人だが、新しく興った大衆俳句の一茶の支援者でもあった。句は蕪村流の幻想俳句といえばいいか。妹は愛する女、乳鳥は千鳥。

とうになき白魚《しらお》漁師の木札とや　　谷口智行

自註《じちゅう》句集『谷口智行集』たにぐちともゆき・1958–

春は白魚。夜のうちに河口に沈めておいた四つ手網を揚げて白魚をとる。那智勝浦町（和歌山県）太田川の白魚小屋での句という。白魚漁の順番札だろうか。作者は一九五八年（昭和三十三年）生まれ、近くの新宮市で育った。

さあ、早くここへ帰っていらっしゃい、
私の魔力をあなたの耳へ注ぎこんであげる。

ウィリアム・シェイクスピア

関口篤訳編『シェイクスピア詩集』William Shakespeare・1564–1616

夫をそそのかす妻、妻に鼓舞される夫。世間でしばしば見かける夫婦関係を血なまぐさい王殺しの劇に仕立てた『マクベス』。舞台のはじまりでのマクベス夫人のひとりごと。つまり内面の告白。

ひっそりと白梅の咲く山に入る　加藤瑠璃子

『雷の跡』かとうるりこ・1936-2020

梅は白梅。紅梅も梅だが、静けさにかけては白梅には及ばない。紅梅は華やかであるがゆえに、にぎやかな花なのだ。この句、枯れ木ばかりの山のところどころに白梅が見える。山の静けさは白梅の静けさでもある。

野辺ちかく家居しせればうぐひすの鳴くなる声は朝な〳〵聞く　読人しらず

『古今和歌集』

鶯《うぐいす》は春、山から野、野から町へ降りてくる。「野辺ちかく」住んでいるので毎朝、鶯が鳴いている。都でもすぐ声が聞けますよと、郊外の一足早い春を知らせる歌。昨年暮れに刊行された久保田淳監修、和歌文学大系『古今和歌集』から。

噴水の音春めいてゐたりけり　青池亘

『海峡』あおいけわたる・1973−

日本文化は四季にはぐくまれた季節の文化。今の日本人はともかく、かつては季節の変化に敏感だった。噴水の水音は春夏秋冬そう違わないが、その音にかすかな春を聞きとめている。はしゃぐような音なのだろう。

霞《かすみ》立つ春の初めを今日のごと見むと思へば楽しとそ思《も》ふ　大伴池主

『万葉集』巻第二十　おおとものいけぬし・生没年未詳

奈良時代のある年の正月、大伴一族が家持の家に集まって宴したときの歌。これから毎年、霞立つ春の初めを今日のように迎えると思うと楽しくてたまらない。池主はやがて謀反に加担した罪で投獄、最期は不明。

◎二月

春の舟豚一頭をのせて流れゆく　那珂太郎

『空寂』なかたろう・１９２２－２０１４

丸々と太った豚を一頭載せて川舟が大河を下ってゆく。中国か東南アジアあるいは記憶の映像だろう。豚は自分の運命も知らず天下の春を描き出す。那珂太郎は二〇一四年（平成二十六年）死去。代表的現代詩人の俳句を集めた『空寂』の十句をたどる。

音ひそか白き瀧なすシンビジウム　那珂太郎

『空寂』なかたろう・１９２２－２０１４

那珂太郎にとって白は特別の色である。永遠あるいは無へ通じる色といえばいいか。『空寂』という句集の題にしても白の一変奏。シンビジウムには臙脂《えんじ》も黄もあるが、白を選ぶ。白い玉のような花の奏でるかすかな音に耳を傾けている。

花吹雪このひとときも散りゆくか　　那珂太郎

『空寂』なかたろう・1922－2014

白い花吹雪を浴びながら、ふと思う。どこか別世界から眺めれば、この一瞬もまた花吹雪のように散っているのだろう。桜の花はピンクと思っている人が多いが、あれはかぎりなく白に近い色。花吹雪となればなおさら。

はなびらにまみれ朽縄《くちなわ》うごきだす　　那珂太郎

『空寂』なかたろう・1922－2014

古くは蛇のことを「くちなわ」ともいった。腐った縄が蛇のように見えるからそう呼んだのだろう。この句、散り敷いた桜の花びらを蛇がぬるぬると滑ってゆくところ。冬眠から目覚めて地上に出たばかりの蛇だろう。

刺身《さしみ》より山葵《わさび》の香にこそそそらるれ

那珂太郎

『空寂』なかたろう・1922－2014

刺身に必ずついてくる山葵。練り山葵もあるが、すり下ろした新鮮な山葵は香りがすばらしい。その香りにこそ食欲をそそられるというのだ。有（刺身）より無（香り）を好む作者の嗜好《しこう》をはからずも表している。

汐《しお》満ちて帰路見失ふ親子かな

那珂太郎

『空寂』なかたろう・1922－2014

那珂太郎は一九二二年（大正十一年）、福岡市生まれ。干潟の広がる有明海もそう遠くはない。潮干狩りをしながら、はるか沖まで来てしまった親子づれ。いつの間にか潮が満ちてきている。子ども時代の思い出だろう。

老眼のねむれぬまゝの老の春

那珂太郎

『空寂』なかたろう・1922－2014

句集『空寂』では「老眼の」の脇に（病雁《びょうがん》の）と添えてある。作者の迷いがうかがわれるが、芭蕉の「病雁の夜さむに落《おち》て旅ね哉《かな》」を意識したことを物語っているだろう。芭蕉の句の病の雁《かり》のように年老いた私は眠れぬまま新年を迎えた。

水はうたふ時の皺《しわ》よるさざなみを

那珂太郎

『空寂』なかたろう・1922－2014

目の前にあるのは水面にきらめくさざ波だけ。それは水が歌っているようであり、時間のなめらかな肌による細かな皺のようでもあるというのだ。水、時、さざなみ。どれも透明なものばかり。いわば光の三重奏。

雨の波紋はもんどおるがん古門戸町　那珂太郎

『空寂』なかたろう・１９２２－２０１４

「はもん」から「はもんど」が生まれ、「はもんど」が「こもんど」に変わる。古門戸町は博多にある町の名。水に広がる雨粒の水輪を眺めているうちに、ハモンドオルガンの音に誘われて故郷の古い町並みをさまよう。

故里《ふるさと》の町なれどなほ行きつかず　那珂太郎

『空寂』なかたろう・１９２２－２０１４

失われた故郷。誰でも故郷を思い出す。それを繰り返すうち、一生は故郷をめざす旅ではないのかと思いはじめる。やがて人生の夕暮れどき、そこへはついにたどり着けないと知る。誰もが不思議な時間を生きている。

梅が枝はまだ春立たず雪の内に匂ひばかりは風に知られて

後鳥羽院

『後鳥羽院御集』ごとばいん・1180－1239

立春（今年は二月四日）を迎えたものの真冬よりなお寒い日がつづく。後鳥羽院が生きた鎌倉時代も同じ。梅の枝はまだ雪に埋もれたまま。ただ冷たい風が梅の香りを運んでくる。風の気配こそ春のさきがけだった。

牡《ぼ》丹《たん》雪《ゆき》みるみる傘を暗くせり

相子智恵

『呼応』あいこちえ・1976－

牡丹雪は春の雪。牡丹の花びらのように白く大きな雪片がふわりふわりと舞い落ちる。透明なビニールの傘をさして出たのにちがいない。傘に雪片が積もるごとに、傘の中がかすかに暗くなるのに気がついたのだろう。

雪降れば地蔵に笠《かさ》をかぶせゆくそんなあなたとふたりの暮らし　馬淵のり子

『そっと置くもの』まぶちのりこ・1952－

「笠地蔵」は心清らかな老夫婦の物語。笠を売りに出たおじいさんは雪の中、六人のお地蔵さんに笠をかぶせて帰る。おばあさんは「それはよいことをしました」と出迎えるのだ。日本人の心を伝える昔話。

おれの周囲には太った男だけを置いてくれ。頭をきれいに撫《な》でつけ、夜はよく眠る男をな。

ウィリアム・シェイクスピア

関口篤訳編『シェイクスピア詩集』William Shakespeare・1564－1616

シーザーが側近のアントニーに語るせりふ。痩せた男キャシアスに気をつけろというのだ。キャシアスはシーザー暗殺を企てていた。人を見かけで判断するなというが、しばしば外見は人を表す。

身ごもりし娘すこやかに歩みくるこの単純をわれはよろこぶ　関谷啓子

『関谷啓子歌集』せきやけいこ・1951―

はるかに昇る朝の太陽を背景に、ゆっくりと歩いてくる一人のシルエット。大きなお腹《なか》を労《いた》わりながら。たしかに「単純」にちがいないが、これほど力強い姿も少ないのではないか。いや単純だからこそ力強い。

武さし坊とかく支度に手間がとれ

『誹風《はいふう》柳《やなぎ》多留《だる》』

源義経を守る武蔵坊弁慶、この屈強の大男は七つ道具を携えていたという。それでは身支度に時間がかかるだろうという江戸の川柳。熊手、薙鎌《ないがま》、鉄の棒、才槌《さいづち》、鋸《のこぎり》、鉞《まさかり》、刺股《さすまた》。諸説あるが、地獄の責め具さながら恐ろしげなものばかり。

よき芽ひとつ残す作業を一日せり優劣つけるは苦しきことに　中林祥江

『草に追はれて』なかばやしさちえ・1951－

農業はたいへんな仕事だが、大きな喜びでもある。庭やベランダで草花を育てている人なら、わかるだろう。作者は和歌山県で長年、無花果《いちじく》を栽培している人。一つ一つの芽の未来を読みながら剪定《せんてい》が進む。

蕗《ふき》の薹《とう》の苦さや今日も終わりけり　坂本胡兆

合同句集『午輪』さかもとこちょう

蕗の薹は蕗の莟《つぼみ》。残雪や枯れ草の中に顔をのぞかせる春のことぶれである。野原で摘んできては蕗味噌《みそ》や天ぷらにして食べる。かすかな苦味に春の到来を実感するのだ。はたして今日はどんな一日だったのか。

しらぬひ筑紫の綿は身に着けていまだは着ねど暖けく見ゆ　　沙弥満誓

『万葉集』巻第三　さみまんぜい・生没年未詳

まだ着たことがないが、何と温かそうなこと。綿といえば今は木綿の綿をさすが、万葉時代は屑繭《くずまゆ》をほぐした今の真綿だった。筑紫は九州、「しらぬひ」はその枕《まくら》詞《ことば》。沙弥満誓は太宰府の観世音寺の長官を務めた。

風さわぎむら雲まがふ夕べにもわするる間なく忘られぬ君　　夕霧

『源氏物語』野分《のわき》　ゆうぎり

「わするる間なく忘られぬ君」。意味は片時もあなたが忘れられないというのだが、何とすてきなフレーズだろうか。光源氏の嫡子夕霧が恋する人に贈る歌。紫式部は少年夕霧になってわざとたどたどしく詠んでいる。

みはるかす釧路湿原はどこまでも白、しろがねにかがやきてをり　関千代子

『春の汀《みぎわ》に』せきちよこ・1940－

雪と氷におおわれた釧路湿原。青々と草木の茂る夏もすばらしいが、冬は神々しいまでの純白の世界が出現する。その白い世界だけを詠む。人の入る余地などどこにもないのだ。湿原展望台からの眺めだろうか。

図書館の海の静けさたたなづく青垣照らす日射しの真昼　島ゆり

『サロベツ原野』しまゆり

「たたなづく青垣」とは重なる山なみをいうのだが、ここでは図書館の書架のこと。光がしんと窓から流れこむと海中のような荘厳な空間に変わる。ステンドグラスから光が射《さ》しこむゴシック教会のように。

関取に抱かれて笑ふ桜鯛《さくらだい》　　間宮仲子

『桜鯛』まみやのぶこ・1942－

みごとな鯛の尾を摑《つか》んで軽々と持ち上げる優勝力士。いくら桜鯛といっても魚が笑うことはないはず。しかし笑わぬ鯛を笑っていると感じるのが詩心というものだろう。桜鯛は桜の花のころ、花の色に染まる鯛。

天寒く花の遊べる真夜かな　　飯田龍太

『季題別　飯田龍太全句集』いいだりゅうた・1920－2007

花といえば桜のことと歳時記にはあるが、そうとはかぎらない。この句のまだ寒い夜空で遊んでいる花も桜とはいえないだろう。しいていえば桜の花となる前の花の魂のようなもの。花を待つ一句である。

凍らせぬための氷庫として入るる干物・塩漬け・記憶のたぐひ　岡部史

『海の琥珀《こはく》』おかべふみ・1951―

山梨県の人からこんな話を聞いたことがある。東京から嫁いで最初の冬、姑《しゅうとめ》にいわれた。「凍らせたくないものは冷蔵庫に入れておきなさい」。氷点下になる寒冷地では冷蔵庫は保温庫なのだ。作者は山形生まれの人。

若布《わかめ》刈《がり》もう一人ゐる波の中　堤宗春

『鍬《くわ》』つつみむねはる・1940―

春、桜が咲くころ、海では若布が芽吹き、温かな潮に揺れる。若布刈りといえば、先に鎌をつけた竿《さお》を舟から海に下ろして刈る風景を思い浮かべる人もいるだろう。この句は岩場で怒濤《どとう》を浴びながら刈っているところ。

屋上に春鳩《しゅんきゅう》鳴き
村辺に杏《きょう》花《か》白し

王　維

漢詩大系『王維』おうい・701頃－761

山鳩《やまばと》が屋根の上でくぐもった声で鳴き、村は白い杏《あんず》の花ざかり。唐の詩人王維の「春中田園の作」の書き出し。長閑《のどか》な田舎暮らしの詩だが、その底を切々と流れているのは、そばにいるはずの人がいない悲しみ。

◎三月

春風や惟然《いぜん》が耳に馬の鈴　夏目漱石

『草枕』なつめそうせき・１８６７－１９１６

夏目漱石の『草枕』は詩小説である。滅びゆく東アジアの理想郷を若い画家が訪ねる話の随所に俳句、漢詩、英詩がちりばめられる。村の入り口の峠の茶屋での句。放浪の俳人惟然の耳に馬の鈴が聞こえる。『草枕』の十句をたどる。

花の頃を越えてかしこし馬に嫁　夏目漱石

『草枕』なつめそうせき・１８６７－１９１６

桜の花ざかりのころ、馬に乗った花嫁が峠を越えて嫁いでいった。茶屋でそんな話を聞く。ただ顔だけがどうしても思い浮かばない。『ハムレット』のオフェーリアが小川に落ちて流れてゆく、その死に顔が浮かんだりする。

海棠《かいどう》の露をふるふや朝烏《あさがらす》　夏目漱石

『草枕』なつめそうせき・1867-1916

温泉宿で夜、思い浮かんだ句をスケッチブックに次々に書いてゆく。ところが翌日、部屋に帰ると、句が直してある。この句はもともと「海棠の露をふるふや物狂《ものぐるい》」だった。なるほど「朝烏」のほうが句になっている。

花の影女の影を重ねけり　夏目漱石

『草枕』なつめそうせき・1867-1916

画家の俳句を勝手に手直ししたのは、この宿の娘のようである。花ざかりの峠を越えて嫁いでいき、離縁されて戻ってきた女。この句ももとは「花の影、女の影の朧《おぼろ》かな」だった。「重ねけり」のほうがすっきりする。

春の星を落《おと》して夜半《よわ》のかざしかな　夏目漱石

『草枕』なつめそうせき・１８６７－１９１６

山の温泉宿でなかなか寝つけない。深夜、障子を開けると庭の海棠《かいどう》の花を女の影法師がよぎった。いよいよ眠れぬまま、スケッチブックに次々句を書きとめる。春の星が落ちて髪飾りになったとはさきほどの女の面影だろう。

海棠《かいどう》の精が出てくる月夜かな　夏目漱石

『草枕』なつめそうせき・１８６７－１９１６

年を経た松には松の精、桜には桜の精が宿るという。精はスピリット、精霊である。今宵《こよい》、朧月《おぼろづき》に誘われて出てきたのは、あでやかな海棠の花の精。真夜中の庭で見かけた女の面影だろう。スケッチブックに書いた句の一つ。

うた折々月下の春ををちこちす　夏目漱石

『草枕』なつめそうせき・1867-1916

朧月夜《おぼろづきよ》の庭をぶらぶらと逍遥《しょうよう》する。ときどき詩を口ずさみながら。あまりにいい月夜なので眠ってしまうのが惜しいのだ。中国北宋の蘇東坡《そとうば》の詩にも「春宵一刻値千金」とあるではないか。これもスケッチブックの句。

思ひ切つて更け行く春の独りかな　夏目漱石

『草枕』なつめそうせき・1867-1916

ただ一人、過ぎゆく春に身を任せている。泰然たる時の流れにもはや逆らえず、抵抗するのを諦めてというのである。スケッチブックの中でいちばんいい句だろう。この句を最後に「いつしか、うと〳〵眠くなる」とある。

木蓮《もくれん》の花許《ばか》りなる空を瞻《み》る

夏目漱石

『草枕』なつめそうせき・１８６７－１９１６

木蓮といえばふつう紫の木蓮をさすが、小説の文面からするとここは白い木蓮である。大きな木蓮の木が夜空に枝を広げ、裸の枝々に白い花が月の光を浴びている。月下の逍遥《しょうよう》を楽しむうち、とある山寺に来てしまった。

春風にそら解《ど》け繻子《しゅす》の銘は何

夏目漱石

『草枕』なつめそうせき・１８６７－１９１６

『草枕』の最後は戦争の話。ある若者の出征を人々が川舟に乗って汽車の停車場まで見送る。船尾に腰掛けた宿の娘の風情。銘を織った繻子の帯が春風に解けかかる。東アジアの理想郷にも戦争が忍び寄る。『草枕』はやはり名作である。

くれなゐに桃咲きてゐる山の丘この夜半《よわ》にして見ゆるまぼろし　宮柊二

『宮柊二歌集』みやしゅうじ・１９１２－８６

どこで見た風景だったか、それともどこにもない風景なのか。宮柊二は一九一二年（大正元年）、新潟県魚沼に生まれた。昭和を代表する歌人の一人。桃源郷を思い合わせるのもいいが、それよりはるかに鮮やかな壮年時代の幻想。

すぐ氷《こお》る木賊《とくさ》の前のうすき水　宇佐美魚目

『魚目句集』うさみぎょもく・１９２６－２０１８

雪が解けたか雨が溜《た》まったか、庭に水が溜まっている。春とはいっても寒い朝、白く凍ることもある。氷になったり水になったりしながら少しずつ春は進んでゆく。木賊は杉菜の仲間。緑のまま冬を越すこともあるから。

ラグビーの大きな空の残りけり　　小島明

『天使』こじまあきら・1964―2021

H形のゴール。試合中はもちろん、その前後もコートの両端にずっと立っている。いわばラグビーの守護神でありラグビーの門なのだ。この句の大空にもこのゴールが立つ。ここはサッカー場も野球場も代わりはできない。

ただいまと転がる靴や春の泥　　中村千久

『薄荷飴《はっかあめ》』なかむらせんきゅう・1951―

子どもが外から帰ってきた。玄関に靴を脱ぎ散らかしたまま。その靴についた泥を片づけながら、子どもが外で過ごした時間を想像しているのだろう。春の泥とは春の雨で潤った泥。この句の場合、安心の泥である。

さぼてんを買ッて女房にしかられる

『誹風《はいふう》柳《やなぎ》多留《だる》』

あなた、またこんなトゲだらけの変なものを買ってきて！　サボテンはアメリカ大陸原産。日本には大航海時代にヨーロッパ人によってもたらされた。江戸時代にはこの川柳のとおりサボテンの愛好家、栽培する人、売る店がすでにあった。

世に處《お》るは　大夢の若《ごと》し
胡為《なんすれ》ぞ　其《そ》の生を労す

李白

漢詩大系『李白』りはく・701－762

この世界は大きな夢、なぜ生きるのにあくせくする必要があろうか。「春日酔起して志を言ふ」の冒頭。だからこそ酒に酔って庭の花や鳥をぼんやり眺めているのだとつづく。死こそが目覚めという思想の裏返し。

世の中は空《むな》しきものと知る時しいよよますます悲しかりけり　大伴旅人

『万葉集』巻第五　おおとものたびと・665－731

世界は悲しみに満ちているものの、この世の空しさを思い知って、ますます悲しみに暮れるばかり。大和朝廷の出先機関、九州の大宰府長官だった旅人がある訃報《ふほう》を受け取ったときの歌。古今相通じる人間の悲しみ。

相見むと思ひて来たるわが前に八つの峰は去年《こぞ》と変《かわ》らず　持田鋼一郎

『此岸《しがん》と彼岸』もちだこういちろう・1942－

八ヶ岳は長野・山梨県境に連なる火山の列。ふだんははるかに望む山を、今年もある日、近々と眺めたいと思った。それが「相見むと」である。恋人同士が逢《あ》いたい思いをこめる言葉。作者には恋慕の山なのだ。

天才バカボンのお好きだつたとふ先生の講話は易しき文体のまま

井澤洋子

『海の見える部屋』いざわようこ

傑作ギャグ漫画「天才バカボン」の主人公はパパ。天才児だったが「くしゃみ」で天才的バカになってしまった。バカの意味をひっくり返し、世間の良識を高らかに笑い飛ばす。ちなみにこの先生は詩人大岡信。

渦潮の中百畳を敷く平《たいら》

山口誓子

『季題別　山口誓子全句集』やまぐちせいし・1901－94

春の巨大な渦潮。瀬戸内海の鳴門では観潮船を仕立てて渦潮に近々と接近する。船端から恐る恐る覗《のぞ》きこむと、渦潮の底のほうに広々とした平らな水面が見えた。山口誓子は克明な描写で知られる俳人。

別れても別れても三椏《みつまた》の花　松本余一

『ふたつの部屋』まつもとよいち・1939－

枝が三つに分かれる、だからミツマタというのだとか。春になると、分かれた枝の先に黄色い鞠《まり》のような花をいっせいに咲かせる。ミツマタの木全体も大きな黄色い鞠のように見える。植物の末広がりの増殖。

今はとてあらしやはてん亡き人の心とどめし春の垣根を　光源氏

『源氏物語』幻　ひかるげんじ

紫の上に先立たれたとき、光源氏は自分の一生もついに終わったと覚悟する。出家すれば、あの人が愛した春の庭の垣根も荒れ果ててしまうだろう。さまざまな恋に身を焦がしてきたが、紫の上こそ最愛の人だった。

花守や白きかしらを突《つき》あはせ　　去来

俳諧選集『炭俵』きょらい・1651—1704

花守は桜を守る番人。去来の句では白髪の二人の老人である。ここまでは句の言葉をたどればわかるのだが、じつはこの二人、長年連れ添った老夫婦であるところが肝要だろう。能「嵐山」の花守の尉《じょう》と姥《うば》のように。

ブランコであそさんにあしあたりそう　　小室日和

合同句集『俳壇坂本の会』こむろひより・2012—

親、子、孫、一族三世代で俳句を作っているそうだ。熊本、神奈川、愛知に分かれて住むが、お互いの俳句について語り合う。俳句が離れ離れの家族をつないでいるのだろう。孫の五、六歳のときの俳句。五人の句集『俳壇坂本の会』から。

屈辱の長い冬は去り、今われら一族には
輝かしい夏があふれている。

ウィリアム・シェイクスピア

関口篤訳編『シェイクスピア詩集』William Shakespeare・１５６４－１６１６

十五世紀イングランドのリチャード三世の右に出る極悪人は少ない。史劇『リチャード三世』で彼が最初に口にする言葉。次兄を殺し、長兄の王の死後、王位につくと先王の二人の王子まで殺す。

アクリルの板の向こうにウイルスは片笑みて問う「密とは、何ぞ」

桜井健司

『平津の坂』さくらいけんじ・１９６３－

密集の密はぎっしり詰まった状態。では密に対する言葉は何か。いくつか思い浮かぶが、日本人にとってはまず「間」だろう。本来の間とは距離をとることだが、コロナ下では一枚の透明な板がその代役を務める。

龢《わ》の古字の極めて据わりよき暮春　　雨宮更聞

『目耕』あめみやこうぶん・1941－

龢は和と同じ意味の漢字。禾は稲、龠は笛を表す（白川静『新訂字統』）。稲の収穫を祈り、あるいは喜ぶ笛の音が聞こえてきそうだ。作者は俳人にして篆刻家《てんこくか》。「据わりよき」とは一字一字に心血を注ぐ篆刻家の評言。

追はれゆく夢なりしかど最後まで我の手をとりくれしは誰か　　中道操

『人間の声』なかみちみさお・1932－

夢は切れ切れの断片。支離滅裂である。目覚めた人間の頭は夢の断片をつなぎ合わせて物語に仕立てようとする。この歌が描くのはなぜか必死で逃げてゆく自分。追ってくるのは何か。手を引いてくれたのは誰か。

寝勝手のよさに又《また》見る柳かな　　梅　室

『梅室家集』ばいしつ・１７６９－１８５２

柳は春夏秋冬、風に揺れているが、俳句では緑に芽吹く春の柳をさす。縁側か座敷か、じつに寝心地のいい場所なのだろう。起き上がる気もなく寝返りをうつとまた庭の柳が目に入った。ものぐさ太郎を決め込んでいる。

人知れず
夜
咲く花の
静けさ　　谷川俊太郎

『虚空へ』たにかわしゅんたろう・１９３１－

『虚空へ』は極端に短いソネット（十四行詩）を集めた詩集である。その最後に置かれた「いのちの無言」の最初の四行。言葉はこれほど短くすればしんと静まるしかない。かすかに意味をとどめて。谷川俊太郎はいまここにいるようだ。

日本文化と詩歌の歴史

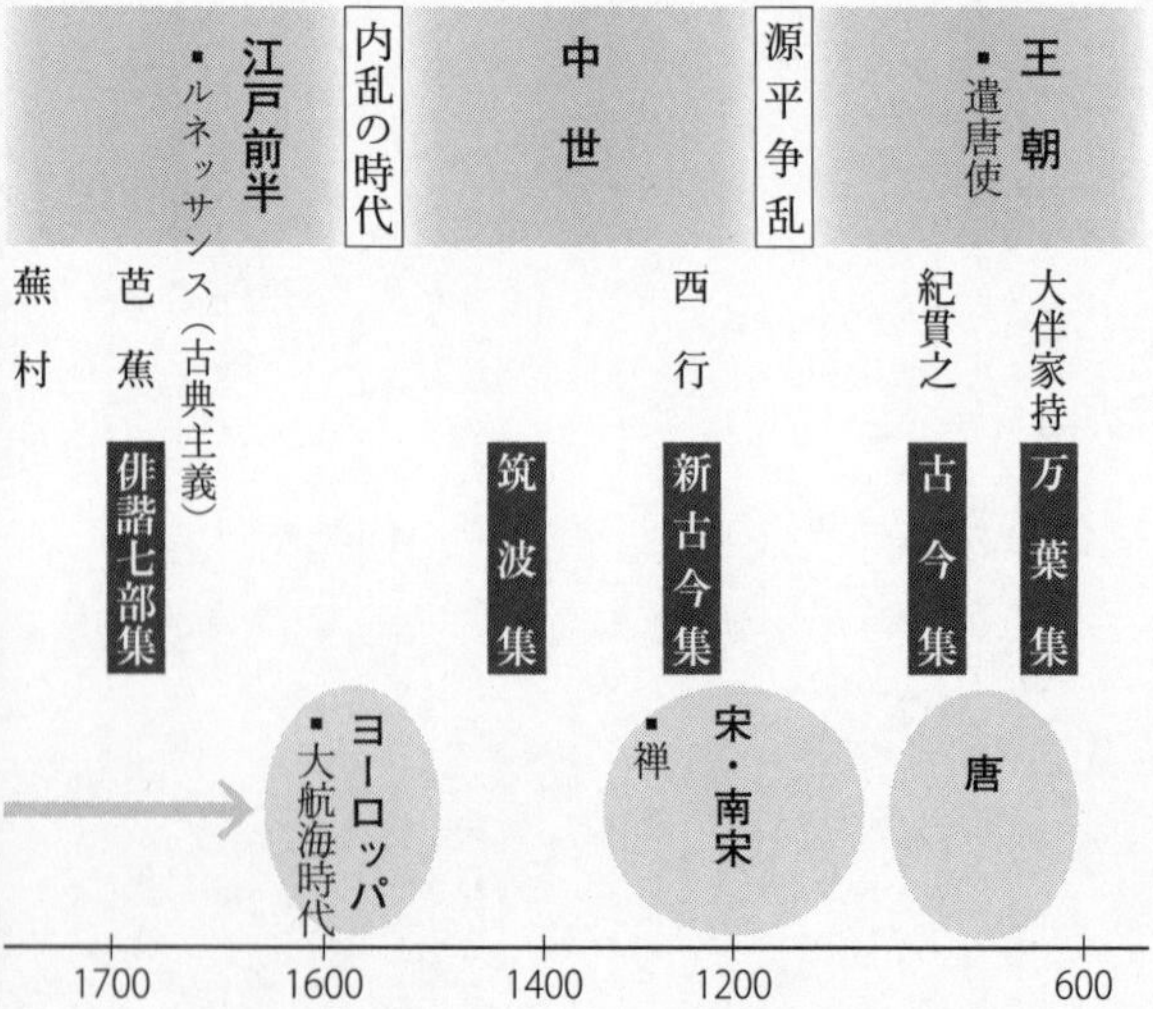

この図表は日本文化と詩歌の歴史を表している。上段は時代区分、中段は詩歌の流れ、下段は日本に影響を与えた海外文化である。最下段は西暦の目盛りをつけた。不等分目盛りである。「源平争乱」「内乱の時代」など時代区分の境目の四角で囲んであるのは時代の転換となったできごとである。

日本文化はその時代ごとに圧倒的な影響を与えた外国文化を消化し作り変えることによって生まれた。いくつか重要な点について解説しておきたい。

①王朝時代の文化は中国唐の豊満華麗な文化の影響のもとに誕生した。この時代の代表的な詩歌選集は『万葉集』と『古今和歌集』である。

②次の中世の文化は宋・南宋の枯淡の文化の影響によって成立した。宋・南宋文化のうち文学上もっとも重要なのは禅の思想である。『新古今和歌集』は禅の影響下に王朝時代の和歌への批評として誕生する。その

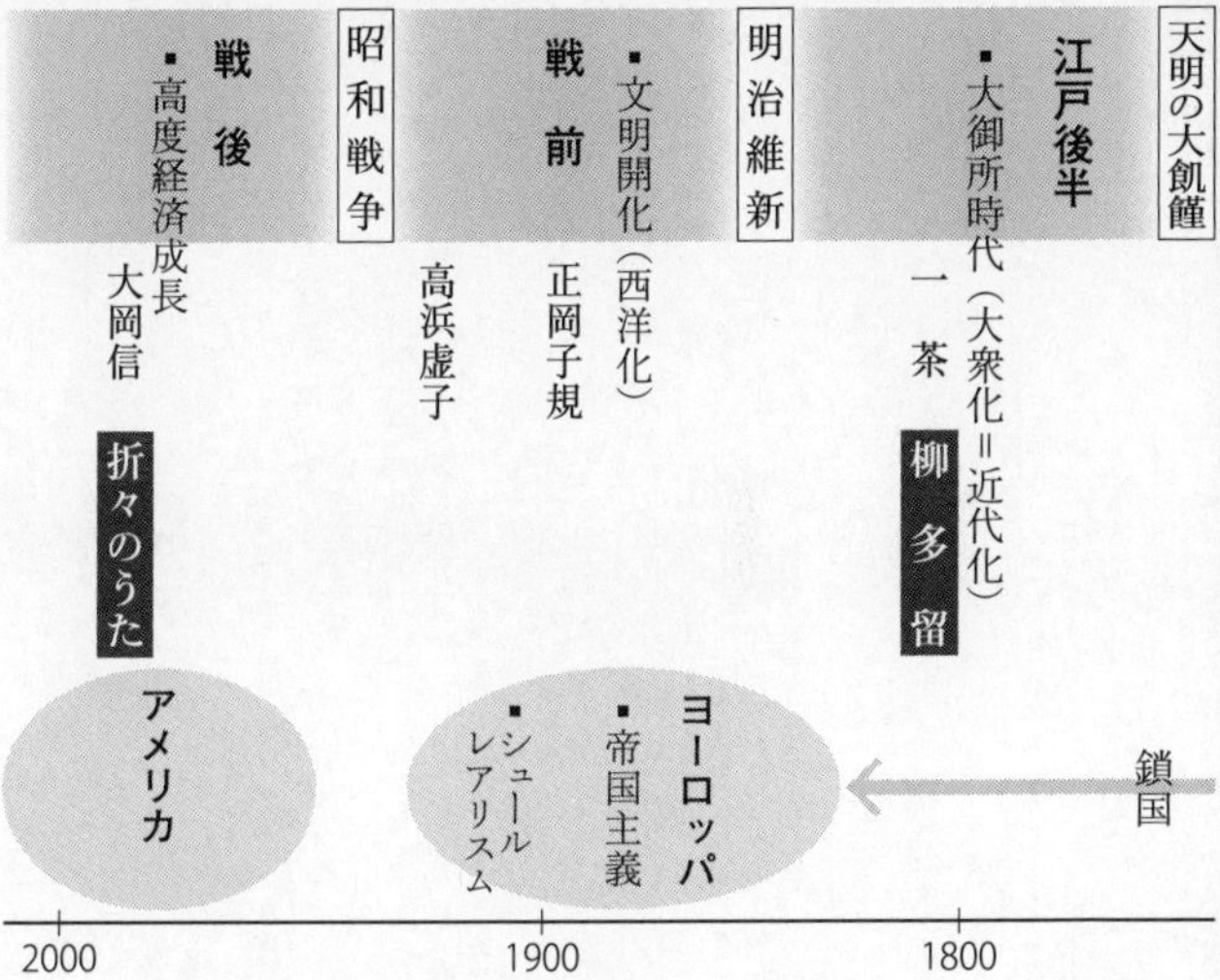

後、禅の影響を受けた和歌は連歌、連句、俳句へと短縮化の道を進むことになる。

③江戸時代は一色ではない。天明の大飢饉（一七八二―八八）を境にして前半は内乱によって壊滅的な打撃を受けた王朝、中世の古典復興（ルネッサンス）、古典主義の時代である。この時代の代表的な詩人は芭蕉であり蕪村だった。

④江戸時代後半は十一代将軍、徳川家斉の大御所時代（一七八七―一八四一）以降、大衆化が進み、明治維新を待たず近代がはじまっていた。この時代を代表する詩人が一茶である。

⑤明治維新（一八六八年）からは日本の西洋化がはじまった。大御所時代にはじまった近代化の目標が明治維新以後、西洋諸国に定まった。そのうち昭和戦争（一九三八―四五）以前は主にヨーロッパ、以後はアメリカの文化の影響を受けることになった。

サ行

タ行

人名索引

中公文庫

四季《しき》のうた
——井戸端会議《いどばたかいぎ》の文学《ぶんがく》

2024年1月25日　初版発行

著　者　長谷川《はせがわ》 櫂《かい》

発行者　安部 順一

発行所　中央公論新社
〒100-8152　東京都千代田区大手町1-7-1
電話　販売 03-5299-1730　編集 03-5299-1890
URL https://www.chuko.co.jp/

ＤＴＰ　市川真樹子
印　刷　三晃印刷
製　本　小泉製本

Published by CHUOKORON-SHINSHA, INC.
Printed in Japan　ISBN978-4-12-207475-0 C1192

は-65-8
四季のうた 天女の雪蹴り
長谷川 櫂
コロナ禍による制約の中でも言葉の糸は紡がれつづける。いまも、そしてこれからも。読売新聞に連載中のコラム「四季」の二〇一八年四月から一年分を収録。
207021-9

は-65-9
四季のうた 美しい日々
長谷川 櫂
ただの日常の一コマが、時を経るとどれも奇蹟のように美しい光に包まれている――。読売新聞に連載中のコラム「四季」の二〇一九年四月から一年分を収録。
207170-4

は-65-10
四季のうた 雨ニモマケズ
長谷川 櫂
生まれながら「カルマの網」に捕らえられた人間の諦めと願いと救いとは――。読売新聞に連載中のコラム「四季」の二〇二〇年四月から一年分を収録。
207308-1

お-10-3
光る源氏の物語（上）
大野 晋
丸谷 才一
当代随一の国語学者と小説家が、全巻を縦横無尽に読み解き丁々発止と意見を闘わせた、斬新で画期的な『源氏論』。読者を難解な大古典から恋愛小説の世界へ。
202123-5

お-10-4
光る源氏の物語（下）
大野 晋
丸谷 才一
『源氏』は何故に世界に誇りうる傑作たり得たのか。詳細な文体分析により紫式部の深い能力を論証する。『源氏』解釈の最高の指南書。〈解説〉瀬戸内寂聴
202133-4

お-10-8
日本語で一番大事なもの
大野 晋
丸谷 才一
国語学者と小説家の双璧が文学史上の名作を俎上に載せ、それぞれの専門から徹底的に語り尽くす知的興奮に満ちた対談集。〈解説〉大岡信／金田一秀穂
206334-1

く-2-2
浅草風土記
久保田万太郎
横町から横町へ、露地から露地へ。「雷門以北」「浅草の喰べもの」ほか、生粋の江戸っ子文人による詩趣豊かな浅草案内。〈巻末エッセイ〉戌井昭人
206433-1

さ-80-1
佐藤春夫台湾小説集 女誡扇綺譚
佐藤 春夫
廃墟に響く幽霊の声「なぜもっと早くいらっしゃらない？」。台湾でブームを呼ぶ表題作等百年前の台湾旅行に想を得た今こそ新しい九篇。文庫オリジナル。
206917-6

各書目の下段の数字はISBNコードです。978-4-12が省略してあります。

さ-80-2
佐藤春夫 中国見聞録 星／南方紀行　佐藤 春夫

「日本語で話をしない方がいい。皆、日本人を嫌っているから」——中華民国初期の内戦最前線を行く「南方紀行」、名作「星」など運命のすれ違いを描く九篇。

207078-3

た-30-13
細雪（全）　谷崎潤一郎

大阪船場の旧家蒔岡家の美しい四姉妹を優雅な風俗・行事とともに描く。女性への永遠の願いを〝雪子〟に託す谷崎文学の代表作。〈解説〉田辺聖子

200991-2

た-30-18
春琴抄・吉野葛　谷崎潤一郎

美貌と才気に恵まれた盲目の地唄の師匠春琴。その弟子佐助は献身と愛ゆえに自らも盲目となる——代表作『春琴抄』と『吉野葛』を収録。〈解説〉河野多恵子

201290-5

た-30-19
潤一郎訳 源氏物語 巻一　谷崎潤一郎

文豪谷崎の流麗完璧な現代語訳による日本の誇る古典。日本画壇の巨匠14人による挿画入り絵巻。本巻は「桐壺」より「花散里」までを収録。〈解説〉池田彌三郎

201825-9

た-30-20
潤一郎訳 源氏物語 巻二　谷崎潤一郎

文豪谷崎の流麗完璧な現代語訳による日本の誇る古典。日本画壇の巨匠14人による挿画入り。本巻は「須磨」より「胡蝶」までを収録。〈解説〉池田彌三郎

201826-6

た-30-21
潤一郎訳 源氏物語 巻三　谷崎潤一郎

文豪谷崎の流麗完璧な現代語訳による日本の誇る古典。日本画壇の巨匠14人による挿画入り絵巻。本巻は「螢」より「若菜」までを収録。〈解説〉池田彌三郎

201834-1

た-30-22
潤一郎訳 源氏物語 巻四　谷崎潤一郎

文豪谷崎の流麗完璧な現代語訳による日本の誇る古典。日本画壇の巨匠14人による挿画入り絵巻。本巻は「柏木」より「総角」までを収録。〈解説〉池田彌三郎

201841-9

た-30-23
潤一郎訳 源氏物語 巻五　谷崎潤一郎

文豪谷崎の流麗完璧な現代語訳による日本の誇る古典。日本画壇の巨匠14人による挿画入り絵巻。本巻は「早蕨」から「夢浮橋」までを収録。〈解説〉池田彌三郎

201848-8

た-30-25

お艶殺し

谷崎潤一郎

駿河屋の一人娘お艶と奉公人新助は雪の夜駈落ちした。幸せを求めた道行きだった筈が……。芸術とは何かを探求した「金色の死」併載。〈解説〉佐伯彰一

202006-1

た-30-27

陰翳礼讃

谷崎潤一郎

日本の伝統美の本質を、かげや隈の内に見出す「陰翳礼讃」「厠のいろいろ」を始め、「恋愛及び色情」「客ぎらい」など随想六篇を収む。〈解説〉吉行淳之介

202413-7

た-30-28

文章読本

谷崎潤一郎

正しく文学作品を鑑賞し、美しい文章を書こうと願うすべての人の必読書。文章入門としてだけでなく文豪の豊かな経験談でもある。〈解説〉吉行淳之介

202535-6

た-30-46

武州公秘話

谷崎潤一郎

敵の首級を洗い清める美女の様子にみせられた少年——戦国時代に題材をとり、奔放な着想をもりこんで描かれた伝奇ロマン。木村荘八挿画収載。〈解説〉佐伯彰一

204518-7

た-30-52

痴人の愛

谷崎潤一郎

美少女ナオミの若々しい肢体にひかれ、やがて成熟したその奔放な魅力のとりことなった譲治。女の魔性に跪く男の惑乱と陶酔を描く。〈解説〉河野多恵子

204767-9

た-30-54

夢の浮橋

谷崎潤一郎

夭折した母によく似た継母。主人公は継母への憧れと生母への思慕から二人を意識の中で混同させてゆく。谷崎文学における母恋物語の白眉。〈解説〉千葉俊二

204913-0

た-30-56

少将滋幹《しげもと》の母 他三篇

谷崎潤一郎

平安文学に材を取った、母恋ものの代表作。小倉遊亀による挿画を完全収載。ほかに短篇三作、正宗白鳥による時評を付す。〈註解〉明里千章〈解説〉千葉俊二

207088-2

な-73-1

麻布《あざぶ》襍記《ざっき》 附・自選荷風百句

永井荷風

東京・麻布の偏奇館で執筆した小説「雨瀟瀟」「雪解」、随筆「花火」「偏奇館漫録」等を収める抒情的散文集。初の文庫化。〈巻末エッセイ〉須賀敦子

206615-1

各書目の下段の数字はISBNコードです。978－4－12が省略してあります。

な-73-2 **葛飾土産** 永井荷風

石川淳が「戦後はただこの一篇」と評した表題作ほか、短篇・戯曲・随筆を収めた戦後最初の作品集。久保田万太郎の同名戯曲、石川淳「敗荷落日」を併録。

206715-8

な-73-3 **鷗外先生 荷風随筆集** 永井荷風

師・森鷗外、足繁く通った向島・浅草をめぐる文章と、自伝的作品を併せた文庫オリジナル編集。巻末に谷崎潤一郎、正宗白鳥の批評を付す。〈解説〉森まゆみ

206800-1

な-73-4 **小説集 吉原の面影** 永井荷風／樋口一葉／広津柳浪／泉鏡花

荷風に誘われて遊里をゆく。永井荷風「里の今昔」、樋口一葉「たけくらべ」、広津柳浪「今戸心中」、泉鏡花「註文帳」を収録。文庫オリジナル。〈解説〉川本三郎

206936-7

ま-17-9 **文章読本** 丸谷才一

当代の最適任者が多彩な名文を実例に引きながら文章の本質を明かし、作文のコツを具体的に説く。最も正統的で実際的な文章読本。〈解説〉大野晋

202466-3

ま-17-11 **二十世紀を読む** 丸谷才一 山崎正和

昭和史と日蓮主義から『ライフ』の女性写真家まで、皇女から匪賊まで、人類史上全く例外的な百年を、大知識人二人が語り合う。〈解説〉鹿島茂

203552-2

ま-17-12 **日本史を読む** 丸谷才一 山崎正和

37冊の本を起点に、古代から近代までの流れを語り合う。想像力を駆使して大胆な仮説をたてる、談論風発、実に面白い刺戟的な日本および日本人論。

203771-7

ま-17-13 **食通知つたかぶり** 丸谷才一

美味を訪ねて東奔西走、和漢洋の食を通して博識が舌上に転がすは香気充庖の文明批評。序文に夷齋學人・石川淳、巻末に著者がかつての健啖ぶりを回想。

205284-0

ま-17-14 **文学ときどき酒 丸谷才一対談集** 丸谷才一

吉田健一、石川淳、里見弴、円地文子、大岡信ら一流の作家・評論家たちと丸谷才一が杯を片手に語り合う。最上の話し言葉に酔う文学の宴。〈解説〉菅野昭正

205500-1